"品读南京"丛书

丛书主编

徐 宁

南京历代楹联

邹 雷 编著

南京出版传媒集团
南京出版社

图书在版编目（CIP）数据

南京历代楹联 / 邹雷编著.—南京：南京出版社，
2016.11

（品读南京）

ISBN 978-7-5533-1590-4

Ⅰ.①南…　Ⅱ.①邹…　Ⅲ.①对联—作品集—南京
Ⅳ.①I269

中国版本图书馆 CIP 数据核字（2016）第 279733 号

丛 书 名：品读南京
书　　名：南京历代楹联
丛书主编：徐　宁
本书作者：邹　雷
出版发行：南京出版传媒集团
　　　　　南 京 出 版 社
　　社址：南京市太平门街53号　　　　　邮编：210016
　　网址：http://www.njcbs.cn　　　　　电子信箱：njcbs1988@163.com
　　淘宝网店：http://njpress.taobao.com　　天猫网店：http://njcbcmjtts.tmall.com
　　联系电话：025-83283893、83283864（营销）　025-83112257（编务）

出 版 人：朱同芳
出 品 人：卢海鸣
责任编辑：张　晶
装帧设计：潘焰荣
责任印制：杨福彬

排　　版：南京新华丰制版有限公司
印　　刷：南京工大印务有限公司
开　　本：787毫米×1092毫米　1/16
印　　张：13.75
字　　数：213千
版　　次：2016年11月第1版
印　　次：2023年7月第2次印刷
书　　号：ISBN 978-7-5533-1590-4
定　　价：39.00元

用微信或京东
APP扫码购书

用淘宝APP
扫码购书

编 委 会

主　　任　徐　宁
编　　委　陈　炜　　曹劲松　　朱同芳　　项晓宁　　卢海鸣
　　　　　于　静　　万宝宁　　王志高　　王露明　　左庄伟
　　　　　冯亦同　　邢定康　　孙莉坪　　杨国庆　　邹　雷
　　　　　欧阳摩壹　周　琦　　柳云飞　　贺云翱　　夏　蓓
　　　　　黄　强　　曹志君　　章世和　　程章灿　　薛　冰

丛书主编　徐　宁
副 主 编　陈　炜　　曹劲松　　朱同芳

统　　筹　时鹏程　　樊立文
编　　务　章安宁

总 序

徐 宁

　　南京，举世闻名的"六朝古都"、"十朝都会"，作为首批中国历史文化名城，其本身就是一部书，一部博大精深的书，一部诗意隽永的书，一部文脉悠长的书，一部值得细细品读的书。

　　南京的历史，可以追溯到遥远的史前时代。汤山猿人的头骨化石，证明了早在60万年前，南京便已有人类活动。大约在1万余年前，文明的火种播撒到这里，新石器时代的人类在溧水"神仙洞"留下的陶器碎片，成为他们曾经生活在南京的证据。距今大约五六千年前，在中华文明方兴未艾之际，在南京城内的北阴阳营，出现了古老的村落，先民们开始了耕耘劳作的历史。回溯人类古老文明兴衰的历史，我们会发现，无论是埃及、巴比伦、印度，还是中国，文明的光辉都如出一辙地兴起于大江大河之滨。南京襟江带河，气候温润，土壤肥沃，得天独厚的地理环境自然而然受到先民们的垂青。早先的人类，或许没有想到南京后来的辉煌与壮美，他们只是凭着生存与繁衍的本能，选择了这一方水土。

虎踞龙盘形胜地

　　南京的山水形胜，用"虎踞龙盘"来形容最为传神。

　　南京占据了长江下游的特殊地理位置，东有钟山，西有石头山（今清凉山、国防园和石头城一带），北有覆舟山（今小九华山）和鸡笼山，南有秦淮河。从自然地理的角度来看，南京山水齐具，气象雄伟，符合古代堪舆"四象"的格局，是"帝王龙脉"之所在，诸葛亮所言"钟山龙盘，石头虎踞，此乃帝王之宅也"实非虚谈。从军事的角度来看，南京三面环山，一面临水，地势险要，易守难攻，尤其是南京城西北奔流而过的浩瀚长江，江面宽阔，水流湍急，在冷兵器时代无疑是一道难以逾越的"天堑"。从经济的角度来看，南京东连丰饶的长江三角洲，西靠皖南丘陵，南接太湖水网，北邻辽阔的江淮平原，交通便利，既有秦淮河舟楫之利，又有"黄金水道"长江沟通内外。同时，南京地处富庶的江浙与广袤的中原之间，利于互通有无，促进不同地域文化的交流。

民主革命的先行者孙中山先生在《建国方略》中赞美南京："其位置乃在一美善之地区。其地有高山，有深水，有平原，此三种天工，钟毓一处，在世界中之大都市诚难觅如此佳境也。"

金陵十朝帝王州

正是这些优越的先天条件，让南京在中华文明史上显得如此与众不同——历史上曾有孙吴、东晋、宋、齐、梁、陈、南唐、明、太平天国以及中华民国十个王朝（政权）在此建都，人称"十朝都会"。

早在周元王四年（公元前472年），越王勾践命令谋士范蠡在中华门外长干里筑城，史称"越城"，标志着南京建城史的滥觞。公元前333年，楚威王熊商击败越王，尽取越国故土，并在石头山筑城，取名金陵邑，这是南京主城区设立行政建置的开端。公元229年，吴大帝孙权正式定都建业（东晋南朝称建康，今南京），开启了南京建都的历史。此后，东晋、宋、齐、梁、陈相继定都于此，南京由此得名"六朝古都"。

五代十国时期，杨吴权臣徐知诰（即南唐先主李昪）于公元937年以金陵为国都，改国号为唐，史称南唐。1368年，明太祖朱元璋在应天称帝，以应天为首都，改称"南京"，这不仅是南京之名的开始，也是南京第一次成为统一的全国性的首都。1853年，洪秀全领导的起义军势如破竹，席卷半个中国，而他所建立的太平天国政权也定都于此，取名天京。1912年，封建帝制被民主共和的浪潮所终结，中华民国成立，而作为这个新时代的象征，孙中山先生便是在南京就任中华民国临时大总统，死后则葬于中山陵。此后，到了1927年，国民政府以南京为首都。1949年，中国人民解放军百万雄师过大江，解放南京，历史翻开了新的一页。

在中华文明发展的历史长河中，南京阅尽人间沧桑。仅从南京名称的变化，便可见一斑。古人曾赋予南京冶城、越城、金陵、秣陵、扬州、丹阳（杨）、建业、江宁、建邺、建康、白下、蒋州、昇州、上元、归化、集庆、应天、天京，以及石头城（石城）、秦淮、白门、留都、行都、陪都、南都、龙盘虎踞、江南第一州等名号。

纵观中国历史，定都南京的王朝（政权）屡屡在汉民族抵御外族入侵的紧急关头挺身而出，承担起"救亡图存"的责任与使命，成为中华文化的保护者、传承者、复兴者和创造者。在历史的关键时刻，如果没有南京这座城市做出牺牲、担当和贡献，中华文明的进程不仅难以延续，中华民族的历史也要重新书写。与同为我国"四大古都"的北京、西安、洛阳相比，南京在中华文化史上占有特殊的历史地位，富有独特的文化魅力。

江山代有才人出

在中国的古都中，南京堪称是英才辈出之地。一代代帝王将相，一代代文人骚客，一代代才子佳人，一代代高僧大德、一代代富商巨贾纷至沓来，或建都，或创业，或致仕，或定居……他们被南京的钟灵毓秀所滋养，又反过来为南京和中华民族谱写出一曲曲辉煌壮丽的篇章。

孙权、朱元璋、孙中山这样的开国伟人自不必说，他们的文韬武略，丰功伟绩，彪炳千秋；一代名将谢玄、岳飞、韩世忠、徐达、邓廷桢、徐绍桢，气吞山河，力挽狂澜，战功赫赫；一代名臣范蠡、诸葛亮、王导、谢安、刘基、曾国藩，励精图治，运筹帷幄，富国强兵，他们共同为南京乃至中华民族的和平发展与辉煌荣光奠定基石。历朝历代，南京这块沃土人文荟萃，群星璀璨，既有谢灵运、谢朓、鲍照、李白、刘禹锡、杜牧、李煜、周邦彦、李清照、辛弃疾、萨都剌、高启、纳兰性德这样的大诗人大词家，又有范晔、沈约、萧子显、裴松之、许嵩、周应合、张铉、解缙这样的史学家和方志学家；既有支谦、康僧会、葛洪、法显、僧祐、陶弘景、达摩、法融、文益、可政、宝志、太虚、达浦生、丁光训这样的宗教人物，又有萧统、刘勰、颜之推、李煜、焦竑、李渔、汤显祖、孔尚任、吴敬梓、曹雪芹、袁枚这样的文坛泰斗；既有皇象、王羲之、王献之、颜真卿这样的书法巨擘，又有顾恺之、陆探微、张僧繇、萧绎、顾闳中、王齐翰、董源、卫贤、巨然、髡残、龚贤、郑板桥、徐悲鸿、傅抱石这样的绘画名家。科学技术领域亦是人才济济。南朝时期祖冲之，在世界上第一次将圆周率值推算到小数点后第7位，比欧洲早了1000多年；明朝初年郑和从南京出发，七下西洋，乘风破浪，直抵非洲，成就世界航海史上的佳话，比哥伦布发现新大陆还要早87年，南京由此成为中国海上丝绸之路的重要城市。

诗词歌赋甲天下

古往今来，南京独特的山川形胜和丰厚的历史底蕴，给世人提供了不竭的创作灵感和源泉。在南京诞生或以南京为主题的诗词歌赋比比皆是。创作者不仅有才子佳人，更有帝王将相和外来使节。诗词歌赋的门类众多，既有乐府诗、游仙诗、边塞诗，也有山水诗、宫体诗、怀古诗以及各类辞赋，其中流传下来的大多是经典之作，南京因此有"诗国"之称。

南朝诗人谢朓《入朝曲》中的一句"江南佳丽地，金陵帝王州"，传唱千年，将南京定格为一座美丽的帝王之都。南宋女词人李清照《临江仙》中的"春归秣陵树，人老建康城"，表达出的则是对南京的无限眷恋。明朝开国皇帝朱元璋《燕子矶》中"燕子矶兮一秤砣，长虹作竿又如何？天边弯月是挂钩，称我江山有几多"，展现出了一位草莽皇帝唯我独尊的豪情。清朝画家郑板桥《念奴娇·金陵怀古·长干里》中"淮水秋清，钟山暮紫，老马耕闲地。一丘一壑，吾将终老于此"，则表达了对南京山川的无限热爱和归隐南京的愿望。而毛泽东主席《七律·人民解放军占领南京》中"钟山风雨起苍黄，百万雄师过大江。虎踞龙盘今胜昔，天翻地覆慨而慷"，彰显的是革命领袖豪迈的英雄气概。至于明朝朝鲜使臣郑梦周笔下的"皇都穆穆四门开，远客观光慰壮怀。日暖紫云低魏阙，春深翠柳夹官街"，流露出的则是远道而来的客人对明代首都南京的由衷赞美。

南京更是一座常令世人抚今追昔、抒发胸中块垒的城市，历代以南京为题材的怀古诗佳作迭出。从唐朝诗人李白《登金陵凤凰台》中的"吴宫花草埋幽径，晋代衣冠成古丘"，刘禹锡《西塞山怀古》中的"王濬楼船下益州，金陵王气黯然收。千寻铁锁沉江底，一片降幡出石头"，到南唐后主李煜"四十年来家国，三千里地山河"；从宋朝宰相王安石《桂枝香·金陵怀古》中的"念往昔，繁华竞逐。叹门外楼头，悲恨相续。千古凭高对此，漫嗟荣辱。六朝旧事随流水，但寒烟衰草凝绿。至今商女，时时犹唱，《后庭》遗曲"，到元朝词人萨都剌《满江红·金陵怀古》中的"六代繁华，春去也，更无消息。空怅望，山川形胜，已非畴昔"，再到清代官员纳兰性德《梦江南》"江南好，建业旧长安。紫盖忽临双鹢渡，翠华争拥六龙看，雄丽却高寒"。这些诗词歌赋意境高远，讲述的都是盛衰兴亡。南京的诗词歌赋宛如一条淙淙溪流，千百年来，流淌不息。南京在为世人提供创作舞台的同时也成就了自己"诗国"的美名。

传世名著贯古今

南京这座古老的城市，给中国乃至整个世界，留下了一批又一批不朽的文化遗产。

文学方面，既有《世说新语》《昭明文选》《桃花扇》《儒林外史》《红楼梦》之类的巅峰之作，又有《文心雕龙》《诗品》之类的经典文艺理论和批评著作。史学方面，既有记录国家历史全景的《后汉书》《宋书》《南齐书》《元史》，又有专注于南京地方历史全貌的《建康实录》《景定建康志》《洪武京城图志》《首都志》《金陵古今图考》。书画方面，既有《古画品录》《续画品》之类的理论著作，又有《芥子园画谱》《十竹斋书画谱》之类的入门教材。宗教方面，既有不朽的佛教和道教典籍《抱朴子》《佛国记》《弘明集》《永乐南藏》《金陵梵刹志》，又有重要的伊斯兰教文献《天方典礼》《天方性理》《天方至圣实录》。科技医药等领域，既有《本草经集注》《本草纲目》之类的医药学名著，又有《首都计划》《科学的南京》之类的科技规划作品。

南京的传世名著文脉悠长，绵延不断。一部部南京传世名著，宛如一座座高峰，矗立在中国文化的高原上，让海内外世人叹为观止。

城市是文化的载体，文化是城市的灵魂。著名文物保护专家朱偰先生在《金陵古迹图考》中写道："文学之昌盛，人物之俊彦，山川之灵秀，气象之宏伟，以及与民族患难相共、休戚相关之密切，尤以金陵为最。"南京在中国历史上创造了一个又一个辉煌和奇迹，南京外在的秀美与内在的深邃交织在一起所形成的独特城市气质，催生了南京人开明开放的气度和博爱博雅的蕴含，以及对这座城市深深的眷念和热爱。

文化是一个民族的精神血脉，是人民的精神家园。优秀传统文化是中华民族的根与魂。为了进一步培育和践行社会主义核心价值观，推进"书香南京"建设，我们决定编写一套"品读南京"丛书。丛书以分篇叙述的形式，向读者系统介绍 1949 年以前（个别内容延续到 1949 年之后）具有鲜明南京地方特色、又有国际影响力的南京历史文化"名片"。丛书以全新的视角和构架，运用最新的研究成果，点、线、面结合，全方位、多角度重现南京的历史文脉，展现南京在各个领域的创造和成就，将一个自然秀美、历史悠久、文化灿烂、人文荟萃的南京呈现给世界。

（作者系中共南京市委常委、宣传部部长）

目 录

行业联

贺赠联

名胜联

佛寺联

哀挽联

前　言

袁裕陵

　　"唐诗宋词，代有文学；楹联对帖，岂属小道？其孕于秦汉，产于六朝，广于宋元，盛于明清。复振兴于当代，终荣光于今时。两行文学，无愧文苑奇葩；独门艺术，堪称艺坛瑰宝。高雅通俗，犹宝剑之双面；向日倾葵，实大众之一心。精炼简约，纳须弥于芥子；绣虎雕龙，遣妙思于笔端。"此为笔者于《南方楹联》报发刊词中关于楹联文化艺术之概述。

　　楹联，又称对联，是我国传统文学大家庭中的一种最短文学形式。又称"两行文学"、"独门艺术"。它集传统诗词歌赋等多种文学形式精华于一身，典雅通俗，言简意赅，收放裕如，应用广泛。它是社会生活的高度凝练和艺术化的反映，它更富生命力，经千年而不衰，历百劫而犹存。可以说，只要汉字存在一天，楹联艺术就不会消亡，有变化的只是随着时代前进步伐而越来越兴旺。

　　考其产生，应始于秦汉时期先民质朴的阴阳相生之说。老子《道德经》言："有无相生，难易相成。"刘勰《文心雕龙》言："造化赋形，支体必双；神理为用，事不孤立。"苏轼言："世界之物，未有无对者，皆自然天成之象。"日本名僧遍照金刚在《文镜秘府》中更言："凡为文章，皆须对属。诚意以事不孤立，必有匹配而成。至若上与下、尊与卑、有与无、同与异、去与来、虚与实、出与入、是与非、贤与愚、悲与乐、明与暗、浊与清、存与亡、进与退……并须以类对之：

一二三四、数之类也，东南西北、方之类也，青赤玄黄、色之类也，风云霜露、气之类也，鸟兽草木、物之类也，耳目手足、形之类也，道德仁义、行之类也，唐虞夏商、世之类也，王侯公卿、位之类也……"由此观之，楹联文化的产生，可以说是瓜熟蒂落、顺理成章之事了。

有文字记载，最早的一副楹联，当产生于六朝时期梁代。徐州人刘孝绰在京城建康（今南京市）做官，因厌恶官场倾轧而辞职，于家门上题了"闭门罢庆吊；高卧谢公卿"一副联语。此联语一出，众皆争睹仿效，"亭台柱壁，莫不题之"（清人谭嗣同《石菊隐庐笔记》）。它比五代时期后蜀主孟昶之"新年纳余庆；佳节号长春"联早了四百多年。又说它的兴起与发展与明太祖朱元璋有关。清代陈云瞻《簪云楼杂话》中记载："春联之设，自明太祖始，帝都金陵，除夕传旨：公卿士庶门上，须加春联一副。"由于皇帝提倡，以圣旨形式推广并身体力行，楹联艺术得到极大的发展，朱元璋也由此博得了"对联天子"之美称。在楹联文化发展史上，这是朱元璋这位封建帝王的一大贡献。逮至清康熙、乾隆时期，楹联艺术已达到炉火纯青、日臻完美之程度。它被广泛应用于名胜古迹、官府衙门、驿舍茶馆、庙宇道观、婚丧喜庆等各种场合，而这些佳联再通过书法形式表现，本身又成为一种胜迹，供人观赏，乃至万口传诵。可以这样说，如果将名胜古迹中精美的琼楼画阁比作一位绝色美女，那么楹联就是她脸上一双顾盼生姿的秋水星眸。

楹联是一门博大精深的文学艺术形式，有着鲜明的民族性、强烈的时代性、高度的概括性、严密的格律性、广泛的实用性五大特点。它的种类繁多。如以其用途来分，就有春联、喜联、寿联、挽联、行业联、名胜古迹联、嵌名联、集句联等，遑论其他！一副成功的楹联，需要掌握以下四个要素：字句相等、词性相同、结构相似、平仄相对。

名胜古迹配以佳联，可使自然之美与艺术之美交相辉映，可使人们对景观的文化背景、历史沿革的了解和欣赏起到画龙点睛之功用，更可推动旅游观光事业兴旺发展。如昆明大观楼，凡去过昆明的人很少有不去参观的，因楼前悬挂着孙髯翁的"天下第一长联"。虽然只有一百八十字，但其所表现的深刻思想性与高超艺术性是其他所谓长联达不到的。再如岳阳楼、黄鹤楼、滕王阁、太白楼等遍及祖国各地的名胜古迹建筑，可以这样说，如无那么多的佳联妙对来装点，很可能会默默无闻，湮没在荒烟衰草之间，至少不能像现在这样有如潮的游客，经济效益也谈不上了。

《南京历代楹联》一书，收集、遴选了自楹联文化产生后至公元1949年新中国成立以前，有关古都南京各方面的楹联及解说，它的付梓，可以让人们对"楹联发祥之地"有新的认识和了解，也是普及楹联知识、了解南京文化的一个窗口。希望有更多的人从此能喜欢南京楹联文化，传承楹联文化，携手共进，革故鼎新，将南京的楹联文化事业做大做强，更上层楼，不辜负南京"诗国"、"联都"这一光荣称号。

（作者系南京市楹联家协会主席）

谐趣联

谐趣联又叫机巧联或趣味联，包含嵌字、隐字、复字、叠字、偏旁、析字、拆字、数字等。谐趣联用途广泛，它或褒扬，或鞭挞；或讽刺，或赞美；或鼓励，或自勉。它集古今中外之历史典故，人物名称和事迹，动植物名称，天文地理专有名词，时事政治，成语，俗语，文字游戏等于一体。其内容涵盖面之深度和广度非一般对联所能比，与一般律联相比，谐趣联对格律及平仄的要求少了几分苛刻，而在趣味性和知识面上又多了一些特点。

朱元璋出对考儿孙

风吹马尾千条线；
日照龙鳞万点金。

朱元璋号称"对联天子"，对楹联情有独钟，在许多场合喜欢出对子考对方才学。据清褚人获《坚瓠集》记载，朱元璋一次驾幸马苑，让皇太孙朱允炆和第四子朱棣陪同，这时候有风吹来，马群扬尾嘶鸣，朱元璋出句道："风吹马尾千条线。"皇孙朱允炆是朱元璋既定的大明王朝接班人，自然由他先对。朱允炆搔搔头，对曰："雨打羊毛一片毡。"朱元璋沉吟不答。因为他觉得皇孙的对子虽然对上了，可是调子却很低沉，从中实在看不出什么远大抱负和昂扬的气势，品位一般，不符合皇家身份。当时皇四子朱棣在旁，见此情景，忍不住技痒，上前奏对曰："日照龙鳞万点金。"

这个下联气势非凡，雍容华贵，极具皇室风范，明显高出了朱允炆。不过，朱元璋叫好之后，有了隐忧，他对朱棣的抱负感到担心，更对皇孙朱允炆以后能否坐稳江山社稷感到不安。后来的事实证明，朱元璋的担心确实不是多余的，朱棣发动"靖难之变"，从侄子朱允炆手中抢走了皇帝宝座。

朱元璋与卖藕人对句

一弯西子臂；
七窍比干心。

平民出身的明朝开国皇帝朱元璋喜欢微服出行，一天，他来到集市，见一农民正在卖藕。那筐中的藕洁白、鲜嫩，不买也让人想看两眼。朱元璋就走上前，拿起一根边端详边乐悠悠地随口吟出一句："一弯西子臂。"

卖藕农民听了，抬头看看眼前这位器宇不凡的陌生人，笑吟吟接了一句："七窍比干心。"

他们这一吟一接，刚好凑出了一副妙联。商朝的比干，心思缜密，聪明灵巧，被人认为心有"玲珑七窍"。白藕像西子姑娘美丽的臂膀，而藕节的丝丝缕缕、洞洞相连，岂不也与七窍比干心相媲美？太妙了！朱元璋没想到这位卖藕农民竟有如此才能，他想再试一下这位农民是否真懂楹联，马上又出一上联："藕入泥中，玉管通地理。"

只见那农民气定神闲，一边游刃有余地应酬卖藕的生意，一边又从容地应出了下联："荷出水面，朱笔点天文。"

朱元璋听罢大喜，当即表明自己身份，亲封卖藕农民"祭酒"之职。

朱元璋联题秦淮风月

此地有佳水佳山，佳风佳月，更兼有佳事佳人，添千秋佳话；
世间多痴男痴女，痴梦痴心，况复多痴情痴意，是几辈痴人。

洪武初年，朱元璋建都金陵，在秦淮河畔设置妓院，称"大院"，朱元璋亲自为"大院"题写对联。朱元璋建妓院的本意，是让那些商贾大款们到妓院去消费，以增加国家税收。可万万没想到，商人们精明得很，不领情；倒是在朝文武官员趋之若鹜，公款消费一时成风。朱元璋气愤不过，下令："凡官吏宿娼者，杖六十，媒合之人减一等，若官员子孙宿娼者，罪亦如之。"可百官还是抵不住青楼诱惑，朱元璋无奈下令撤销国营妓院。不想私营妓院却如雨后春笋般冒了出来，秦淮风月从此繁荣昌盛，一直延续到明朝灭亡。

这副对联奇趣巧妙处在于重复叠用"佳"字和"痴"字。上联一连用了7个"佳"，下联也一连用了七个"痴"字，双七对应重叠，着意倾情描述了秦淮河畔的绮丽风光和风流人事，令人赏心悦目和魂牵梦绕，是一副不可多得的趣联巧对。

朱元璋题联夸艺人

日月灯，云霞帐，风雷鼓板，天地间一大剧场；

汤武净，文武生，桓文丑末，古今人俱是角色。

一天，朱元璋来到某戏班门前，见右边门扇上写着一个"行"字，左边门扇上写着一个"盛"字，就和随从部将下了马，询问戏班班主，门上的"行盛"二字有啥意义。班主说："'行'念'形'，亦念'杭'；'盛'念'胜'，亦念'成'。如果把'行'（形）'行'（杭）和'盛'（成）'盛'（胜）两个音，放在一起，快速念出，就好像出现急骤的敲锣打鼓声。你听，是不是馨亢馨亢、噌咚噌咚……这是一副对联，说的就是咱们这个行当啊！"

朱元璋觉得这两个字的对联太过直白，想重新作一副，苦苦思索，找不到思路。于是，干脆停下来，看了这个戏班的露天演出。看着台上生、旦、净、末、丑演绎悲欢离合的故事，听到那裂石穿云般的唱腔，突然激发了灵感，提笔写出一联：

日月灯，云霞帐，风雷鼓板，天地间一大剧场；

汤武净，文武生，桓文丑末，古今人俱是角色。

朱元璋问："你们可知此联何意？"随从的将军们一个个摇头。班主却含笑说："先生此联，我来试着解一下，您看对不对？上联是说我们这些艺人，过着漂流的演出生涯。以日月为灯火，以云霞为帐幕，风雷是鼓板，天地是戏台；下联是说，在戏台上，不论古时今时的任何人物，我们都可以用不同的角色来演绎。武净（花脸）可以扮成汤王，武生可以扮文王，丑、末可以扮成齐桓公、晋文公。总之，这对联写的就是咱们梨园子弟的营生啊。先生实在是高才！"朱元璋听了，连连点头称赞。

朱元璋与刘伯温弈棋联

天作棋盘星作子，日月争光；
雷为战鼓电为旗，风云际合。

刘基（1311～1375年），字伯温。元末明初军事家、政治家及诗人，通经史、晓天文、精兵法。他以辅佐朱元璋完成帝业、开创明朝并尽力保持国家的安定而驰名天下，被后人比作诸葛武侯。刘基性格刚强，疾恶如仇，与物多忤，得罪了许多权贵。加之洪武初年，他位高不居，不愿为相，功成身退。老百姓对他评价："三分天下诸葛亮，一统江山刘伯温。"朱元璋多次称刘基为："吾之子房也。"朱元璋处理公务日理万机，有时会挤出时间来，找心爱的大臣对弈，分个输赢，找找乐子，分散一下压力。据说，某日，朱元璋与刘伯温下棋，棋盘上占据主动，一路所向披靡，兴之所至，随口说出一句："天作棋盘星作子，日月争光。"刘伯温一听，知道皇帝又出对子了，他一边看着棋盘，一边略做思考，迅速对道："雷为战鼓电为旗，风云际合。"朱刘之对气势恢宏，各合身份，用词绝妙。

朱元璋店主对句

小村店三杯五盏，无有东西；
大明国一统万方，不分南北。

《长安客话》记载，明太祖朱元璋与翰林学士刘三吾一次微服出游，入市小饮，无物下酒。朱出句："小村店三杯五盏，无有东西。"刘三吾未及对出，这时店主送酒到来，随口对道："大明国一统万方，不分南北。""东西"，在联中指下小酒菜，但它又可表示方向。下联"南北"，正是与其方向之义相对，是为借对。这副联下联用借对手法，表达了希望国家一统的心愿。太祖一听大喜过望，将市井之众中这样识大体有才华的人记在心中。次日早朝，朱元璋就传旨将店主召去，赐官，店主却固辞不受，传为佳话。

徐达重金求下联

大江东去，浪淘尽千古英雄。问楼外青山，山外白云，何处是唐宫汉阙？
小苑春回，莺唤起一庭佳丽。看池边绿树，树边红雨，此间有舜日尧天。

　　明王朝定都南京后，瞻园成了中山王徐达的府邸花园。这里风景秀丽，别具一格。南、北、西三面为假山，山洞曲折幽深，山峰挺拔耸立。东边回廊曲榭，"工"字厅一面临水，一面为花台、绿地，红绿相映，美不胜收。一天，徐达在花园散步，观赏美景后总觉得缺少点什么，于是他提笔写下一个上联：大江东去，浪淘尽千古英雄。问楼外青山，山外白云，何处是唐宫汉阙？命人贴在府邸门口，联旁有一张"有能对者，悬百两黄金酬之"告示。文告贴出后，府邸门前熙熙攘攘，不少人前来围观，但过了几个月只有几个人应对，且都内容平庸，缺少文采。终于有一天，来了一位并不出名的读书人。他走到徐府官邸前挥笔写出下联：小苑春回，莺唤起一庭佳丽。看池边绿树，树边红雨，此间有舜日尧天。

　　这一下联，与上联对仗工稳，不仅形象地描绘出瞻园的美丽，而且还用"舜日尧天"，歌颂了明王朝开国的天子将相。徐达看了，异常高兴，不但赏金百两，还把这副对联刻写在府邸的楹柱上，从此成为一副名传千古的佳作。

解缙联对朱元璋

日在东，月在西，天上生成明字；
子在右，女在左，世间配定好人。

明朝大学士解缙，小时就是才高八斗的"神童"，参加乡试、会试、殿试一路过关斩将，高歌猛进，最后被点为第七名进士。解缙的大哥解纶、妹夫黄金华同时进入前三甲。"一门三进士"轰动了江西吉水，也惊动了京师南京的对联天子朱元璋。他决定亲自出马，出题面试。当然，这场面试的考题，仍是朱元璋最拿手的对联题。

大殿上，朱元璋对解缙出了一个上联："日在东，月在西，天上生成明字。"这题可非同小可，"日"、"月"二字合成个"明"字。这个"明"字也不是个普通的字，而是大明王朝的国号。什么样的下联才能配得上这上联？朝堂上，文武大臣交头接耳、窃窃私语一番后，顷刻又恢复了庄严肃穆的气氛。大家都觉得太难了，这回该看"解神童"的笑话了。不料，解缙似乎成竹在胸，等大家一安静下来，立即朗声说道："子在右，女在左，世间配定好人。"

下联虽然气势上稍有欠缺，但表达出的吉祥如意的意思，让朱元璋满心欢喜，钦点解缙进士及第。

解缙书联嘲秀才

墙上芦苇，头重脚轻根底浅；
山间竹笋，嘴尖皮厚腹中空。

在皇帝的身体力行、大力倡导下，上至仕宦公卿，下至平民百姓，都爱作对子。作为大学士的解缙更因擅长对对联，被人们誉为"对联大师"，声名远播。许多人都慕名向他求教，但也有一班自恃才学出众、自我感觉良好的人不服气。一天，某秀才要与他比个高低，好一举成名。只见这个秀才摇头晃脑地念道："牛跑驴跑跑不过马；鸡飞鸭飞飞不过鹰。"这算什么对联？简直不通嘛！解缙听了，感到好笑，当即就写了一副对联送给他："墙上芦苇，头重脚轻根底浅；山间竹笋，嘴尖皮厚腹中空。"

这副对联表面上是写墙头芦苇和山间竹笋的形态特征，其实是在讽刺挖苦那些徒有虚名、并无真才实学，只会摇头晃脑、夸夸其谈的腐儒。对联借物喻人，形象生动，幽默有趣，把那个搬弄是非，又无真才实学的秀才的嘴脸和行径勾画得惟妙惟肖。

想嘲弄别人却反被别人嘲弄，这个秀才狼狈不堪，无言以对，最后羞愧而去。

毛主席也喜爱这副对联，在其经典文章《改造我们的学习》中加以引用，使这副对联获得了空前的知名度。

解缙戏财主

门对千根竹；
家藏万卷书。

解缙家门前住着一大户人家，这家主人心眼小，没有多少文化，但却喜欢附庸风雅，在自家的后院里种了一片竹林，以示自己也像许多文人一样，有竹子一般的气节。快过春节了，解缙透过自家的门，看到大户人家的竹林，想到家里藏着许多书，于是写下了"门对千根竹；家藏万卷书"春联贴在门上。

富人看到解缙家门上贴的上联是指自己家的一园翠竹，心想，凭什么写我家的竹子，我一园竹子是花钱种下的，你一文钱不花，写了副好对联贴自家门上，越想越生气。于是让佣人把竹子拦腰砍断，不让竹子高过围墙。

这家人的做法，着实让解缙又好气又好笑。心想，既然你砍了竹子，那我也要在对联上反映出来。于是提笔在对联上一边加一个字。对联成了"门对千根竹短；家藏万卷书长"。

这回，富人更加气恼，这不是成心跟我作对吗？于是，让家里人把所有竹子连根拔掉。解缙心里暗笑，又在对联后面各加一字。对联成了"门对千根竹短无；家藏万卷书长有"。这个富人看到后，气得想吐血。

解缙巧对金水河

金水河边金线柳，金线柳穿金鱼口；

玉栏杆外玉簪花，玉簪花插玉人头。

明朝南京的金水河，是当时著名的江南胜景。解缙8岁时曾随胡子琪前往观光。胡子琪早就听说解缙聪敏过人，想乘机试试他的才能。金水河边杨柳依依，波光荡漾，鱼儿游来游去，柳枝长垂，好像都拂到了金鱼的口边，景色十分宜人。胡子琪就出了个上联："金水河边金线柳，金线柳穿金鱼口。"

此联看似触景生情，信口道来，其实十分难对。难就难在一连用了四个"金"字，且用得恰到好处，并采用了"顶针续麻"的手法，显得一气呵成、前后贯通。这回，连解缙都难住了，一时之间，找不到贴切的答案。他苦苦思索，手指不知不觉敲上了桥上的玉栏杆，发出了清脆的声音。有了！他灵机一动，道出了下联："玉栏杆外玉簪花，玉簪花插玉人头。"

下联连用了四个"玉"字，浑然天成，又美不胜收，胡子琪连连夸赞。

解缙联嘲势利和尚

日落香残，免去凡心一点；
火尽炉寒，务将意马牢拴。

解缙年轻入仕，一帆风顺的生活让他也有点傲然不凡，有时待人刻薄了起来。一个春天，他出去踏青游玩，又渴又累时，忽见前面有座寺庙，便径直进去讨水喝。没想到寺庙僧人也很势利，见解衣着俭朴，其貌不扬，就很冷淡地给了点水。解缙饮后，接着到庙堂里逛去了。这时，僧人听到旁边人议论说，刚才喝水的那个人就是当朝大名鼎鼎的解缙。僧人待解缙出来，立即换了副笑脸相迎，毕恭毕敬，还拿出纸笔恳求解缙题字留念。解缙略做思索，当即疾书一联："日落香残，免去凡心一点；火尽炉寒，务将意马牢拴。"

和尚从字面理解，认为是勉励他的话，连声称谢。为了炫耀，他还把这副对联悬于庙堂之中。一些有学问的人看后，个个捧腹大笑。原来，这解缙可不是个省油的灯，他用"增损"格写成的是字谜联。"日落香残"是个"禾"字，"免去凡心一点"是个"几"字，上联合起来是个"秃"字。"火尽炉寒"是个"户"字，户字再拴个马岂不是个"驴"字？上下联合起来就是骂那个寺庙和尚是个"秃驴"。

向宝佳对塾师

日月两轮天地眼；
诗书万卷圣贤心。

明初向宝，字克忠，江西省进贤人。洪武年间进士，曾任兵部员外郎，官至右都御史兼詹事。文武双全，持身廉直，平时言不及利，身后家无余财。

向宝少时即聪慧机敏。一次塾师出上句考他的学生："日月两轮天地眼。"塾师把太阳、月亮比作天地的眼睛,出句不凡。众学童抓耳挠腮,思索不得,唯有向宝挺身而出,大声说道:"诗书万卷圣贤心。"

塾师听后,击节赞叹。下句把"万卷书"比作圣贤的心灵,既贴切妥当,又有思想深度。诗书是圣人、贤人思想和感情的表现,与"文如其人"、"言为心声"、"诗言志"的理论相吻合,揭示了诗书的教化作用。

杨士奇题江南贡院联

场列东西,两道文光应射斗;
帘分内外,一毫关节不通风。

杨士奇(1366～1444年),明代大臣、学者,名寓,字士奇,以字行,号东里,谥文贞,汉族,江西泰和(今江西泰和县澄江镇)人。官至礼部侍郎兼华盖殿大学士,兼兵部尚书,历五朝,在内阁为辅臣四十余年,首辅二十一年。

位于南京夫子庙地区的江南贡院,一直是古代开科取士的重要地方,始建于南宋时期,后经明清两代拓展,盛时考试号舍达两万余间,规模宏大。明代杨士奇为至公堂题写了此副对联。

"场列东西",贡院内东西罗列一排排的单间考棚,故称;"文光"指绚烂的文采,"射斗"即射牛斗,二十八宿中的斗宿和牛宿。上联祝考生发挥水平,写出光照天地的绚丽文章。下联"帘分内外",指考棚有帘遮挡,管理极严格。"一毫关节不通风",指不能有丝毫传递透露消息等作弊行为,告诫学子守法遵规,也警示监考官公正无私。下联既形象生动地点明要旨,又极富趣味性。

福王昏庸坏国事

万事不如杯在手；
人生几见月当头。

清军占领北京后，在南京的官员们准备立一个新皇帝。当时逃到南京的有潞王和福王。正派大臣史可法等主张立稍有才干的潞王为帝，可奸臣马士英、阮大铖都主张立光会吃喝玩乐的福王为帝，他们打算立个糊涂皇帝，好把大权抓在自己手里。马士英串通了一些掌握军队的总兵，硬把福王朱由崧立为皇帝，定年号为"弘光"。

果然，朱由崧就是个吃喝玩乐的货色。大敌当前，他还下令四处寻找美女，搜刮钱财，不问国事。马士英一伙就借机卖官鬻爵，只要给钱，不学无术的无赖也能当官。一时间，南京城内"职方贱如狗，都督满街走；相公只爱钱，皇帝但吃酒"。

朱由崧又盖了个新宫殿——兴宁宫。新宫殿盖成后，他让大臣们每人写副楹联。大臣们交稿后，朱由崧从里面左挑右选，看上了这副"好联"：万事不如杯在手；人生几见月当头。

这就是皇帝朱由崧的理想：时光易逝，一杯在手，可以不问万事，及时行乐。

这样的昏君奸臣当权，南京苟安小朝廷还长得了？不久，史可法被排挤，战死扬州。而后，清军势如破竹，攻占南京。在位仅八个月的弘光帝朱由崧逃亡芜湖，后被捕押往北京，翌年被清军处死。

佚名联嘲讽周延儒、马士英

周延儒字玉绳，先赐玉，后赐绳，绳系延儒之颈，一同狐狗之头；
马士英号瑶草，家藏瑶，腹藏草，草贯士英之皮，遂作犬羊之鞯。

据说，这是南明弘光帝朱由崧年间流传的民谣联，后一语成谶。此联专讽明末两个大臣，一个叫周延儒，另一个叫马士英。

周延儒（1594～1644年），江苏宜兴人，万历进士，官至内阁首辅。个性贪婪，荐用之人多属以权谋私之辈。崇祯十六年，清兵攻略山东，威胁北京，周领兵驻通州，贪生怕死，不敢迎敌，清兵退后还无耻地冒功领赏，事败后被思宗赐死。

马士英（1591～1646年），南明权臣，贵州贵阳人，万历进士，初因贪污受贿被告发罢官。后又与阉党阮大铖亲善而被起用。清兵临境，只管搜刮，不事抵抗。弘光政权覆亡，他仓皇南逃时被清兵俘获后，立刻投降以图免死，但仍被处死。

"鞟"，去毛的兽皮。这副对联巧用两个人字号，分别对两人进行讥评。周延儒字玉绳，皇帝先赐他玉，后赐他绳上吊；马士英号瑶草，因贪腐，家中藏有许多财宝，肚子里却只有草，实足的草包。

轶名回文联赞柳如是

人中柳如是；
是如柳中人。

柳如是，历史上著名的秦淮八艳之一，美貌如花，且多才多艺，后嫁给著名学者钱谦益。明亡时，柳如是劝说钱谦益，夫妻二人原准备投水殉节，但钱谦益贪生怕死，借口水冷，不愿跳下，柳氏"奋身欲沉池水中"，却给钱氏硬拉上岸。最终他还是选择投降清廷，摇身一变去做了清朝官员。柳氏却留在南京，死也不肯跟着去北京。钱做了清朝的礼部侍郎兼翰林学士，由于受柳氏影响，半年后便称病辞归。后来又因案件株连，吃了两次官司。柳如是在病中代他贿赂营救出狱，并鼓励他与尚在抵抗的郑成功、张煌言、瞿式耜、魏耕等联系。柳氏尽全力资助，慰劳抗清义军，这些都表现出她强烈的爱国民族气节。钱谦益降清，本应为后世所诟病，但赖有柳如是的义行，而冲淡了人们对他的反感。

这副对联则赞扬了柳如是的人格，讽刺了钱谦益的为人。这类回文对联是上下联文字一样，下联是上联的回读，其实是一联，但上下联示意不一样，读起来回味无穷。

袁园媛巧对饲养动物

> 屋北鹿独宿；
> 溪西鸡齐啼。

清代江宁（今南京市）乡间住着一位巧妇，姓袁名园媛。这名字听起来就很特别。她虽识字不多，但为人聪颖，心灵手巧不说，还特别善于对对子。她家的北边住着一位老汉，养了一头鹿，十分珍贵。某日老汉要去走亲戚，便托她来照应。乐于助人的袁园媛一口答应。袁家的西边有一条潺潺流水的小溪，溪西有户养鸡的人家，他家的一群公鸡常聒噪啼叫，让乡间充满了生机。

第二天早晨，溪西的鸡群再次啼鸣，连绵不绝。听此声音，袁女想到宅北老汉托她照看鹿之事，马上下床查看，确信鹿安然无事方才放心。晨风吹来，袁女触景生情，脱口而出："屋北鹿独宿；溪西鸡齐啼。"作了一副生动有趣的对联。

袁枚自题联

> 无求便是安心法；
> 不饱真为却病方。

袁枚（1716～1797年），字子才，号简斋，浙江钱塘（今杭州）人。乾隆进士，官江宁知县。40岁时辞官，在南京小仓山筑随园，故称随园老人，著作颇丰，"为一时诗坛宗匠"。袁工于联语，时有"南袁北纪（昀）"之誉。袁枚倡性灵说，个性洒脱，不过分拘泥礼法，常诗酒自娱，注重养生。

"无求便是安心法；不饱真为却病方。"没有欲望才是人生最安心的办法，每天不要吃饱才是治病的良方。这副自题联是袁枚人生经验的总结提炼，是他的生活理念和人生哲学，真切表达了其思想感情，如今仍值得世人借鉴学习。

除此之外，袁枚还有若干自题联，如"放眼读书，以养其气；开襟饮酒，用全吾真"，"不作公卿，非无福命都缘懒；难成仙佛，为爱文章又恋花"等等，都是这种达观、诙谐处世态度的写照。

秦大士的自嘲联

人从宋后羞名桧；

我到坟前愧姓秦。

据《清朝野史大观》记载，乾隆十七年，南京人秦大士考中进士。因宋代奸相秦桧也是江宁人，殿试时，乾隆皇帝对他的身世有所疑惑，于是问他是否是秦桧的后代。秦大士巧妙应答道："一朝天子一朝臣。"乾隆皇帝听后不但没有生气，反而龙心大悦，破格点其为状元。秦大士高中状元后，同诗友相约一起到杭州游览了岳王庙，在岳王坟前看见铁铸的秦桧夫妇跪像，周身都是秽物。诗友们戏谑其也姓秦，是秦桧的后裔，让其题对以记此游。秦大士挥笔立就，对联是："人从宋后羞名桧；我到坟前愧姓秦。"表达自己忠奸分明，强烈的爱国热情。从此为杭州西湖增添了一段佳话。

对于姓秦这个事实，秦大士并不避讳。秦大士与袁枚是莫逆之交，曾相偕畅游秦淮河，沿河欣赏两岸风光，看六朝金粉，水月繁华。秦大士见景生情，咏出七绝一首："金粉飘零野草新，女墙日日枕寒津。伤心慢莫悲前事，淮水而今尚姓秦。"最后一句，博得袁大才子喝彩，一时脍炙人口。也正是这最后一句，对于秦大士来说更有其深意。

轶名联讥讽张佩纶

论才宰相笼中物；
杀贼书生纸上兵。

三品功名丢马尾；
一生艳福仗蛾眉。

幼樵娶老女，无分老幼；
西席做东床，不是东西。

张佩纶（1848～1903年），字幼樵，河北唐山丰润人，同治十年（1871年）进士，晚清名臣，与张之洞、陈宝琛同为当时清流主将。民国才女张爱玲是其孙女。1884年任钦差大臣在福建马尾办理海疆事宜，兼署船政大臣。法国水军向中国水师开战，中方战败。中国第一支近代水师全军覆没，张佩纶由此获罪，被革职发配边疆察哈尔张家口军中效力。1888年获释，旋入李鸿章幕僚做文案工作。因其父张印塘曾与李鸿章同事，所以李鸿章很看重这个世侄。才到任半个月，正好李鸿章小女儿李鞠耦到其父办公处，张佩纶也在场，李遂介绍两人认识并以师生相称。一天，李鸿章托张佩纶为女儿物色一佳婿，张问需要什么样的人才能配上小姐。李鸿章笑道："如世侄这般就可以了。"张大喜过望，就向李求婚，要娶小姐，就这样成了李鸿章的女婿。张时年41岁，刚死了妻子，是个鳏夫。李小姐年方22岁。二人年龄相差19岁。此事传出后，有人写了以上三副谐趣联讽刺张佩纶。

第一联意思是说，论其才能之大，宰相也不过是笼中之物，手到擒来，一介书生，御敌杀贼也不过是纸上谈兵而已。

第二联叹息作为三品官的张佩纶，在福建马尾战败，丢了功名。所幸遇到李鸿章赏识，仰仗小姐的特殊地位而享受一生艳福。

第三联嘲讽张佩纶（幼樵）娶了李鸿章的小女，年龄大了许多，真是不分老幼；张佩纶本来是幕僚西席先生，却做了东床快婿，真不知是什么东西。联中反复嵌用老、幼、东、西等字词，工巧有趣。

曾国藩、左宗棠互嘲

代如夫人洗脚；

赐同进士出身。

曾国藩（1811～1872年），湖南湘乡人，清道光进士，1860年升任两江总督，为晚清重臣，有《曾文正公全集》存世。

曾国藩、左宗棠都是湖南人，又都是清廷重臣，二人因政见不一，相互间不时戏谑嘲讽，留下很多故事。

传闻曾国藩有一名爱妾，曾每天晚上都要帮小妾洗脚，这事传到了左宗棠耳里。一天，两人相见时，左宗棠微笑着提出对对联，曾国藩当然毫不含糊地应战。左宗棠于是说了出句："代如夫人洗脚。"曾国藩一听，这是讽刺自己的。他略一思索，随即对道："赐同进士出身。"左宗棠一听，便面红耳赤。不是正规科班的进士出身，一直是左宗棠的心病。那时的官员，看重的偏偏是这"进士"出身。

据说，有年进士考试时，左宗棠正在新疆平乱，他请求回朝应试，但朝廷不许。为了安抚他，皇上搞了个赐"同进士"。

吃了这个哑巴亏后，左宗棠一直想报复一把。一天，他与曾国藩同到一官员家做客，左宗棠又提出联对，这回曾国藩不想吃亏，因左宗棠字季高，所以他先出对："季子自命太高，与我性情相左。"这将"左

季高"这姓字倒嵌进去，说左宗棠自命不凡，要应对委实不易。左宗棠
当即反驳："藩侯以身许国，问他经济何曾？"对联将曾国藩的姓名也
倒嵌进去，且对得工整。意思是说你曾国藩要报效朝廷，可是你有什么
经国济世的才能呢！曾国藩一听，犹如被打了一闷棍，也说不出话了。

林则徐写堂联自勉

求通民情；
愿闻己过。

林则徐（1785～1850年），福建省侯官（今福州市）人，字元抚，
又字少穆、石麟，晚号俟村老人、俟村退叟等，是清朝时期的政治家、
思想家和诗人，官至一品，曾任湖广总督、陕甘总督和云贵总督，两次
受命钦差大臣，因其主张严禁鸦片，有"民族英雄"之誉。林则徐胸有
大志，忧国忧民，清正廉明，不徇私情。他出任江苏廉访使时，就曾在
大堂亲书这样一副堂联——求通民情；愿闻己过。上联提醒自己，了解
群众的情况和疾苦；下联表明愿意倾听别人讲自己的过失。联语平白如话，
朗朗上口，字里行间自有一股正气流动，可以想见作者的胸襟和抱负。

邓廷桢幼时自勉联

满盘打算，绝无半点生机，饿死不如读死；
仔细思量，仍有一条出路，文通即是运通。

邓廷桢（1776～1864年），字嶰翁，江苏江宁（今南京）人。鸦片
战争时，与林则徐协力同心严禁鸦片。调任闽浙总督后，坚决抗击英军

水师军舰侵略，痛击英国侵略者，立下了不朽的功勋。后遭诬陷，与林则徐一道被谪戍伊犁。与林则徐是志同道合、患难与共的好友。邓廷桢幼时家贫，刻苦好学，常躲到家旁的瓦官寺勤奋苦读。为了勉励自己，曾写下这样的自励联。当时，邓廷桢的理想就是不饿死，把书读好就能转运。在这种朴素的信念指引下，邓廷桢刻苦读书，终于在嘉庆六年（1801年）25岁时考中进士，走上了仕途。邓廷桢除了在政治上有所建树，在文学、艺术上，也"风流文采，照耀江左"，工诗词，善书法，称得上是一代名将、儒将。现今在南京东郊仙鹤门外红旗农牧场邓家山麓，有邓廷桢墓可供瞻仰。

王闿运改字平风波

莫轻他北地燕支，看画艇初来，江南儿女生颜色；
尽消受六朝金粉，只青山无恙，春时桃李又芳菲。

王闿运（1833～1916年），字壬秋，号湘绮，世称湘绮先生。湖南湘潭人，是近代有名的学者和诗人，为"晚清文士之怪杰"，在当时的学坛和诗坛上均负盛名。王闿运之学兼包九流而归于经学，崇奉"春秋公羊"之说，被誉为"经学大师"、"湘学泰斗"。诗文亦称天下第一，门生弟子遍布天下。夏时济、曾熙、马宗霍、杨度、夏寿田、蒋啸青、陈兆奎、程崇信、廖平、杨锐、刘光第、齐白石、张晃、杨庄等皆出其门下。

王闿运在作此联的时候，正是湖南人陶澍任职于两江总督。陶澍便邀请同乡王闿运前来南京做客，两人偕游莫愁湖上，把览金陵古城的风光，王闿运应陶澍之请写下这副对联。"燕支"，即胭脂。"北地"，据说莫愁是洛阳人，属北方。"画艇初来"，古《乐府》诗云，艇子折双桨，催送莫愁来。黄裳先生在《金陵五记·白下书简》中记载，此联的原文为："莫轻他北地燕支，看画艇初来，江南儿女无颜色；尽消受六朝金粉，只青山依旧，春来桃李又芳菲。"王闿运联的原意是在夸莫愁女貌美绝代，从洛阳到金陵后，使江南本地这块佳丽之地的女子"颜色"相形见绌。然而此联一出，引起南京士人的不满。于是，王闿运又将原联中的"无颜色"改为"生颜色"，"青山依旧"改为"青山无恙"，从而平息了这场文字风波。

张之洞的无情对

> 树已半寻休纵斧；
> 果然一点不相干。

相传，此"无情对"为清代曾任两江总督的张之洞所创。一天，张之洞与人会饮，有人出一句诗"树已半寻休纵斧"为上句，张对之以"果然一点不相干"。上下联中，"树"、"果"皆草木类，"已"、"然"皆虚字，"半"、"一"为数字，"寻"、"点"为量词，"休"、"不"皆虚字，"纵"、"相"皆虚字，"斧"、"干"则为古代兵器。可见，张之洞的对句，如以每个字论，那是相当工整的。但是，张的下句本是一句土语，它的整体意思和上联是风马牛不相及的，也就是上下联无情。这种对联形式，出句和对句各自成章，通过别解才能上下呼应，是为"无情对"，在对联大家族里别有风味。

燕子矶武庙数字联

> 孤山独庙，一将军横刀匹马；
> 两岸夹河，二渔叟对钓双钩。

据说，南京燕子矶武庙，至清末仅存一勒马横刀偶像。有人入庙见后，得一上联曰"孤山独庙，一将军横刀匹马"，自觉很妙，随手写在庙门边，但一时之间对不出下句，只好空悬于此。后来，一赶考书生江边系船时，看见两渔翁对钓，遂得下联："两岸夹河，二渔叟对钓双钩。"

此联语之巧在于用数。上联之数全为一，"孤"、"独"、"一"、"横"、"匹"都是此意。下联之数全为二，用"两"、"夹"、"对"、"双"来表述，巧对上联，看上去不雷同，读起来有节奏。

李烈钧讨袁联

死国埋名，公等争先入地；
挥戈挽日，某也何敢贪天。

李烈钧（1882 ~ 1946 年），字侠如，号侠黄，国民革命军陆军二级上将。青年时期便追随孙中山革命，辛亥革命爆发后，李烈钧被推任江西都督府参谋长、海陆军总司令。1913 年 7 月 12 日在江西湖口成立讨袁军总司令部，就任总司令，揭开二次革命的战幕。1927 年初被蒋介石任命为江西省政府主席，任南京国民政府常委兼军事委员会常委。

辛亥革命元老、文武双全的李烈钧先生与南京颇有渊源。1915 年南京各界举行追悼黄花岗 72 烈士活动，李烈钧亲自书写了这样一副对联。上联深情缅怀了黄花岗烈士争先恐后为国捐躯的壮举；下联明说自己不敢贪天功为己有，实际暗斥当时某些蠢蠢欲动、欲贪天功为己有的窃国行径（指袁世凯）。实际上，李是借此联发出维护共和的决心和宣言。果然，当年底，李烈钧到云南参加了"再造共和"的护国运动，任护国军第二军总司令。

陈独秀赠刘海粟

行无愧怍心常坦；
身处艰难气若虹。

陈独秀（1880～1942年），字仲甫，安徽怀宁人。《新青年》杂志主编，北京大学教授。中国共产党成立后，任党中央书记，1929年被开除出党。刘海粟（1886～1994年），江苏武进人，江苏教育会美术研究会会长，中国著名国画大师、美术史家、艺术教育家，有《海粟国画》。陈独秀与刘海粟相识于五四运动中，刘海粟对陈独秀高擎"打倒孔家店"的旗帜，十分敬佩，相见恨晚。陈独秀对刘海粟在上海艺校不顾社会封建守旧势力的攻击，大胆指导学生画模特儿、办画展，也给予高度评价。刘海粟于1931年至1940年先后在德国、法国、英国、印尼、新加坡举办画展，讲授中国绘画。1934年，陈独秀被囚禁于南京老虎桥监狱。1935年刘海粟第一次旅欧回来，获悉陈独秀入狱，积极营救，亲赴南京老虎桥监狱探望。见到阔别多年的陈独秀，两人谈笑风生。临别时，刘海粟取出事先准备好的纸、笔和一瓶墨汁，请陈题字留念。陈独秀不假思索，一挥而就，写下这副珍贵对联，真实记录了陈独秀当时坦荡的胸怀和豪气昂扬的情绪。联语清丽典雅，直抒胸臆，旨趣深沉，自警亦可勉人。

讽刺法院的成语联

有条有理；
无法无天。

民国时贪官成列，受贿成风。法院名曰"明镜高悬"、"执法如山"，实际贪赃枉法。有些重大罪犯只要有"金条"、"法币"，就可以逍遥法外。因此，有人选了两个成语，将"有条有理；无法无天"集成一联，贴在法院大门。意思是有金条才有道理，无法币就无青天。极具戏剧性和讽刺性效果，看者无不会心会意。

联讽汪伪政权

国祚不长，八十多天袁皇帝；
封疆何窄，两三条巷伪政权。

抗战时期，国民党副总裁汪精卫叛国投敌，组成伪国民政府，自任主席，厚颜无耻，遭到全国人民唾骂，反对者如云。当时有爱国人士作此联骂之。民国时，倒行逆施的袁世凯只做了八十三天皇帝梦。上联嘲讽汪逆时间不会持久，定落得与袁世凯同样的下场。下联讽其势力不出两三条巷，不外是在几个城市据点，在一些热闹街巷里勒索收捐敲诈而已，因为一出市郊便是国民党军队和游击队的天下了。

灵谷寺长老讽赠汪精卫就职志喜

昔具盖世之德；
今有罕见之才。

据说，大汉奸汪精卫（1883～1944年）在1940年就任伪国民政府主席之时，得意忘形，自封为中国的救世主。为筹办就职仪式，他令一随从至南京灵谷寺长老处求写贺联。长老是个有道高僧，早已洞察其卖国行径，但处在当时的高压环境下，又不能正面指责。于是，灵机一动，拟就这副对联。随从见此联，觉得写得好。汪精卫曾经舍身刺杀摄政王载沣，事后被捕，判处终身监禁，在狱中他决心以死报国，赋诗"引刀成一快，不负少年头"，一时为世人传诵。而如今，他又担当起救国救民的大任，是少有的人才。随从完成使命后大喜，匆匆拿回，悬挂于正厅。抗战胜利后，汪精卫被公认是汉奸、卖国贼，有人读出了此联的另一层意思。原来这副对联，系双关义的谐音联，可理解为：昔具"该死"之德，今有"汉奸"之才。

南京盲哑学校楹联

熟视无睹，诸君尽管贪污作弊；
有口难诉，我辈何须民主自由。

1945年抗战胜利，国民党官僚乘机大发"劫（接）收财"，还不准人民讲民主讲自由。南京盲哑学校有人贴出一联曰："熟视无睹，诸君尽管贪污作弊；有口难诉，我辈何须民主自由。"聋哑人有口说不出，人民则有话不能说、不敢说、不准说，二者在某种程度上有相似之处。该联借此双关意义，把那时的人民有目不能看、有口不能说的现状，借盲哑人的口气揭得痛快淋漓。

联嵌问号嘲"立宪"

费国民血汗已？亿；
集天下混蛋于一堂。

乔大壮（1892～1948年），近代词人、篆刻家。原名曾劬，字大壮，以字行，号波外居士。四川华阳县（今双流县）人。清末就读于北京辞学馆。1927年赴南昌任周恩来秘书。1935年任中央大学艺术系教授。历任重庆中央大学师范学院词学教授、国民政府经济部秘书、军训部参议、监察院参事，其平生愤世嫉俗，好打抱不平，对国民党反动派的黑暗统治极为不满。

1947年3月，国民党政府不顾全国人民的反对，耗巨资在南京召开"国民代表大会"，导演了一场"立宪"的闹剧。乔大壮愤然挥笔，为南京国民大会堂拟了这一副讽刺联。这副别致的对联，嵌入一个问号，表示"多少"。对联首先要求字数对等，上下联词性对品。此联都没有做到，但却极具讽刺意味，痛快淋漓地揭露了蒋王朝的腐败，道出了人民的心声，在南京传诵一时。

乔大壮本人终为当局所不容，走向绝路。于1948年7月3日，一个凄风苦雨之夜，乔效屈原以警世，自沉于苏州梅村桥下，年仅56岁。

联嘲空头官衔

设无此席，何以为计；
委不出去，聊充一员。

在国民党统治时期，裙带风极盛，常常一人得道，鸡犬升天。人多官少，国民党及国民政府为了安置这帮亲友，于是想方设法，巧立官名，让许多人拥有了空头官衔，其行为令人叹为观止。其中有所谓"设计委员"的名目便是如此，空有官衔，没有实职之用。有人作联讽刺当时的社会现象。此联嵌"设计委员"之衔于文中，人们看到"委不出去，聊充一员"时，都会忍不住发笑，嬉笑怒骂，自成妙文。

行业联

行业联是指专门为某一行业或机构创作的一种以楹联为主的文学体裁，并以此种方式来表述该行业或机构的突出特征，被广泛应用于各行业。南京是六朝古都、十朝都会，尤其到了明朝，商业和部分工业、手工业因人口的集聚，迅速崛起。随着手工业的发展，商业分工越来越细。到了清末至民国年间，交通、水电等新兴行业出观，进一步拓展了行业联的创作空间。

朱元璋题阉苗猪行

双手劈开生死路；
一刀斩断是非根。

我国楹联文化的发展和兴旺，与明太祖朱元璋密不可分。明朝开国初，新年将至，他一道圣旨，春联遍布金陵各地。清代文人陈云瞻《簪云楼杂话》中记载："春联之设，自明太祖始，帝都金陵，除夕传旨；公卿士庶门上，须加春联一副。"金陵是明初首都，有上百万户人家，圣旨一下，无论是官宦人家还是平民百姓，贩夫走卒或是引车卖浆者，门上都贴着书写好的红彤彤的春联（又称"万年红"，有愿自己朱家江山永续万年之意）。真可谓"红海洋"了。朱元璋当晚还微服私访，察看圣旨落实情况。果然看到有一户人家，门上空空如也，朱元璋大怒，使手下叩门问罪，问清了才知是个开阉苗猪行的人家（即给公猪做绝育手术）。此行当既不容易写成楹联，当家人又缺少文化素养，故此没有春联贴于门上。朱元璋听后，即刻作了以上这副春联赐给这户人家。虽是当场制作，可却一点不马虎，楹联文化的内涵和创作规定，都在这副春联中体现出来了。第一，写出了行业特点，不是官，也不是商，又有别于其他各种行当，不易创作。第二，全联对仗工稳，名词、动词、形容词词性皆相同，平仄声相反，学术水平相当高。您看联中："双"对"一"为数词对，"手"对"刀"为名词对，"劈开"对"斩断"为动词对，"生死"对"是非"为句中对（即生对死、是对非），"路"对"根"为名词对。它符合楹联"既有共性，又有个性"的创作标准。朱元璋真不愧被誉为"对联天子"！

曾国藩题南京国医传习所

种果订前因，愿众生无灾无害；
散花参妙谛，唯菩萨能发能收。

南京国医传习所，位于南京长乐路武定桥畔。民国时期改为"国立南京国医传习所"。该所融治病、临床教学为一体，在当时中国医药界享有很高声誉。新中国成立后，于1963年改为"南京市中草医院"。

在清代时为"天喜长生祠"，又称"药王庙"。既称庙，就与佛教祭祀有关。"药王"乃佛麾下菩萨名，为人间百姓送药驱灾。民间将神农、扁鹊等奉为药王。曾国藩所题联，当是药王庙，又与后来国医传习所有关联，也是因果。"因果"，乃佛教轮回之说法，"善因得善果，恶因得恶果"。"散花"，为供佛而散布花朵，以示敬意。"妙谛"即精深的道理。"参"即领悟。

上联意为：人们要多做善事，少做恶事，不以善小而不为，不以恶小而为之，愿普天下众生无病无灾过一生。下联意为：诚心敬佛，自然能领悟到其中奥妙。你是好人，菩萨自然会保佑你。你做了坏事，菩萨会惩罚你。所谓"人做事，天在看"，"举头三尺有神明"是也。

张之洞题旅馆业联

随处可安身，直视乾坤为逆旅；
当前堪适意，姑邀风月作良朋。

张之洞（1837～1909年），清末重臣，洋务派首领，清同治年进士，1894年任两江总督，博学多才，在其著作《劝学篇》中提出"旧学为体，新学为用"的新治学观点。1905年上书清廷，言明科举制度的种种弊端，要求推行学校教育，废除科举制度，从而结束了一千多年来推行的腐朽落后的用人制度。有《张文襄公全集》存世。作为洋务派首领，他引进了国外许多较为先进的新生事物，如水师学堂、枪炮局、矿务局，像旅店、商店、邮局、印刷厂等，皆出于"师夷长技以制夷"的观点，所以他为旅店、邮局等撰、书楹联就是很自然的事了。

"逆旅"，客舍，迎接宾客的地方，即是旅店。上联意为：人出门在外，应该把整个天地都当作是迎止宾客的旅店。李白有名言："天地者，万物之逆旅；光阴者，百代之过客。"张之洞应是受李白之影响而作。下联意为：今天在这里住下，窗明几净，非常适意，不妨把清风明月一齐邀请来作为朋友共度良宵。

张之洞题绣品店联

锦绣花团，经纶事业；
云蒸霞蔚，美富文章。

在中国古代，"锦"和"绣"二字常被连称，以代表最美丽的织物，因而"锦绣"二字后来即被用作"美丽"或"美好"的象征。绣品店也就是销售云锦、丝绸等织物成品的专业商店。

历史上在元、明、清三个朝代，南京生产的锦缎丝绸等织物名闻天下，尤其明清两代，朝廷在南京专门设立"织造府"机构，专为皇室御用生产锦缎，尤其是云锦（现云锦织造技术已列为联合国人类非物质文化遗产）。"经纶"，织绸缎时，理出丝绪称"经"，编丝成线称"纶"，也可引申为筹划治理政事。"云蒸霞蔚"，喻景物绚烂光彩。这副楹联意为：这里供应的绫罗绸缎花团锦簇一般美丽，尽管是纺织业，却可做得大事业。这绚烂光彩的绣品啊，真像是一篇华丽富贵的大文章（文章本意也是花纹，古汉语中"文"与"纹"相通）。

张之洞题印刷业

莫笑文章多印板；
从知大雅尽扶轮。

南京的印刷业在北宋时就已兴起,至明代初,南京不仅是全国的政治、文化中心,而且也是印刷出版业中心。到了清末,作为南方文化中心城市的南京,印刷行业依旧兴盛。杨仁山先生开创的金陵刻经处即是一例。当时刻经处刻、印的总数达百余万卷的佛教经典,十余万张的佛像,满足了全国各地各阶层人士的需要,是名副其实的全国佛经刻印中心。

联中之"印板",即为刻板。古时印刷,需先将所要印之文字刻在枣木或梨木等坚硬的木板上,再行印刷。"大雅"即正声,典出《诗经》中大雅、小雅。在此喻美好而正确之事物。"扶轮",推扶着车轮,喻在旁拥进。联意为:不要嘲笑这印刷行业尽是一块块的木板,要知道这可是一个美好、正确,需要大家来扶持共进的大事业啊!

张之洞题邮局

梅赠春风来驿使;
蒹葭逢秋水送鸿邮。

上联引南北朝时诗人陆凯赠好友范晔的诗:"折梅逢驿使,寄与陇头人。江南无所有,聊赠一枝春。"意为:我刚刚摘下一枝梅花,就碰见了送信的驿使(古代传递官方文书,接待官员住宿之地称为驿站,送信之人为驿使),欲寄信给我在陕西陇山的朋友,此时的江南什么也没有,就送你一枝带春的梅花吧!下联引自《诗经·秦风·蒹葭》:"蒹葭苍苍,白露为霜,所谓伊人,在水一方。"喻对远方亲人怀念的情感,要托天上的鸿雁来传达。上下两联都含有信邮的特点,邮政行业特征明显。

张之洞题书报业

万口流传新教育；
千秋报纸大文章。

中国是报纸的故乡，是世界上最早有报纸的国家。唐玄宗开元年间（713 ~ 741 年）出现的《开元杂报》是世界新闻史上最早的报纸。北宋末年出现的印刷报纸，是世界新闻史上最早的印刷报纸。南京在明代及清初就有报纸出现，名曰"邸报"。清末，南京是两江总督和南洋通商大臣所驻之地。南京的第一份官报《南洋官报》创刊于 1903 年 1 月 18 日，《南洋日日官报》创刊于 1905 年 8 月，《南洋商务报》创刊于 1906 年，《劝业会旬报》（后改为日报）创刊于 1909 年 12 月。这在当时中国还是不多见的。

张之洞主张废除科举制度，要求推行学校教育，在其《劝学篇》中提出"旧学为体，新学为用"的新观念，而报纸的大量发行，正是宣传其观点的有力武器和阵地。此联通俗易懂，明白如话，正是其宣传"新教育"的佐证。

张之洞题制笔业

五色艳争江令梦；
一枝春暖管城花。

上联比用了江淹五色笔之典。南朝梁时江淹，字文通，官至金紫光禄大夫，封醴陵侯，以文章见称于世，其中《恨赋》《别赋》最著名，世称其为"江郎"。到了老年，文思衰退，没有什么好作品，都说他"才尽"了。传说他住在建康（今南京）冶亭，夜梦一人自称郭璞（晋代文学家，擅辞赋，通阴阳历算，好古文奇字），对他说，曾借给他一支五色笔，已经多年，现在要收回去，此后他再也写不出好文章来了。下联用了管城子之典。据说是秦朝大将蒙恬发明了毛笔，后秦始皇将其封在管城（今河南郑州），后人即以管城子为毛笔代称。此联也是巧妙引用关于毛笔的两个历史典故，将制笔行业的特点展示在人们面前。

佚名题横波茶楼

泪眼生桑，如此江山奈何帝；
眉楼话茗，无多风月可怜人。

此联作者姓名不详，传说为清代末年一名士。横波，即顾横波，名媚，字眉生，号横波，为南明时秦淮八艳（马湘兰、柳如是、顾媚、董小宛、李香君、卞玉京、寇白门、陈圆圆）之一，家有眉楼，在古桃叶渡，后改为茶楼，现已不存。

"生桑"，即生桑梦，喻梦见桑木而卜知寿限，言梦者寿不过四十八岁。古体的"桑"字为四个十，一个八字（典出《益都耆传·杂记》）。"帝"，指南明弘光朝福王朱由崧。"奈何帝"，典出《南史·陈后主记》，"蒋山众鸟鼓两翼似拊膺曰：'奈何帝，奈何帝。'"陈后主为陈末代皇帝，鸟啼声是预兆他的亡国而为他叹息。影射朱由崧的南明弘光小朝廷不会长久（南明，明末李自成攻入北京，崇祯帝朱由检死，其弟由崧在南京成立弘光朝，史称南明，时间不长即为清所灭）。又因作者传为清末人，此联弦外之意也是预示清王朝的统治不得长久而快覆灭。

彭玉麟题金陵湖南会馆

栋梁萃杞梓楩楠，带来衡岳春云，荫留吴地；
源派溯沅湘资澧，分得洞庭秋月，照澈秦淮。

彭玉麟（1816～1890年），字雪琴，湖南衡阳人，清末著名湘军将领，随曾国藩创办湘军水师，官至水师提督，兵部尚书。彭玉麟与曾国藩、左宗棠、胡林翼并称"四大中兴名臣"。彭玉麟不仅是湘军水师的创建者，还是中国近代海军的奠基人，于军事之暇，也绘画作诗，以画梅痴梅名世，被史学家称为"史上最痴情高官"。

会馆是明清时期异乡人在客居地建立的一种民间社团组织，清时尤其兴旺，目的是使客居异地的同乡人有聚会、联谊、慰乡愁的场所。当时金陵的湖南会馆在中华门内钓鱼台，规模之大居各省会馆之首。会馆的性质和功能，决定了会馆楹联有一个共同特点，即是抒发乡情。彭玉麟此联，有自己的特色。上联说会馆的"栋梁"之材来自衡岳，它带来了衡岳春云，荫被了东南吴地。"衡岳"，即南岳衡山，借代指湖南。"杞梓梗楠"，都是优质树材，四词连用，喻各类人才之多。下联说会馆所在地金陵，在长江下游，由此可上溯至"沅湘资澧"（几条河都在湖南各地），流经洞庭，分得秋月余晖，又流回吴地照澈了秦淮。"分得"，巧喻了部分湖南人在金陵的影响和作用。全联紧扣"金陵"、"湖南"两地，从湖南人在金陵所做贡献着眼，语意含蓄中尚带有几分踌躇满志的得意之态。当时，由于镇压太平天国运动，湘军崛起，清廷许多重臣来自湖南。所以，彭玉麟有此说。上联开头六字，"栋、梁、杞、梓、梗、楠"，全是木部偏旁形声字，下联开头六字，"源、派、溯、沅、湘、澧"全是水部偏旁形声字，用得自然巧妙，不牵强。

下关救生局联

中流沉溺始求援，何如走顺风时帆休扯足；
近水楼台勤仰望，切莫立高岸上漠不关心。

救生局这个名称的出现，应是在清末民初西风东渐之时。它属于民间的慈善机构，主要是救、捞在江河里失事的船只和人员。此机构的地点设在南京长江边的下关，这里曾是大江南北的交通要津。救生局的船只是机械化的，俗称小火轮（蒸汽机），速度快，机动性能好，人员的专业水平也较高。

联意为：与其到中流遇险时才想起求救，不如谨慎驾驶，不要将速度放得太快，这样容易翻船。我们这些靠近江河边的搜救人员，要勤于瞭望，不要放松警惕，发现事故要及时抢救，不要像陌生路人一样漠不关心，毕竟人命关天。此联有一定的规劝意义：凡事不能做得太过分，要知"过犹不及"，小心驶得万年船。

薛时雨题金陵牛疫局

仁术本仁心，江左十年同被泽；
保氏先保赤，河阳一县早栽花。

薛时雨（1818～1885年），字慰农，一字澍生，晚号桑根老人，安徽全椒人。出身书香门第，咸丰三年（1853年）与兄同科登进士第，传为佳话。薛为官十余载，卓有政绩。四十八岁时却毅然称病辞官，执掌文教，退任杭州崇文书院山长。后应两江总督马新贻之邀，来宁掌教。薛时雨考虑南京离家乡全椒较近，于是飘然东归，应聘领江宁尊经书院，后又主讲惜阴书院，直至终老，卒于江宁，共十六年。时称"石城七子"的，皆出自门下。可见其任教期间，奖掖后学的风范。薛时雨又擅长诗文，才思敏捷。南京胜迹，多留有题咏。

"牛疫局"，是将牛痘接种人体，使人体获得对天花（世界上传染性最强的疾病之一，未获免疫人群感染后死亡率为三分之一，现在世界上已绝种）的免疫力而设的官方机构，还担负着教养显贵人家子弟之职责。"江左"，即指南京（江东，江右，江表皆为南京代称）。"保氏"，为古代时职掌教育贵族、官宦子弟的官员，也称"师氏"。"保赤"，即保养幼小儿童。"被泽"，即泽被，指施恩于人。"河阳"，指晋代文学家潘岳（247～300年），曾任河阳县令（今河南省孟州），他严于自律，甚有政声，亲自率人在县中满种桃花，一时传为美谈。后世形容清官、好官时常用"河阳一县花"来形容。

联意为：作为医官，你们如此精湛的技术，源于你们都有一颗善良之心，古道热肠，十年来金陵一带的民众都受到你们救治、接种带来的恩惠。你们肩负着教养官宦人家子弟的职责，更重视保护、养育普通人家幼小的儿童，你们的功绩和德政就像晋代好官潘岳一样，桃花开遍河阳一县！

此联表现力很强。上联前半句和下联前半句，用了"有规则重字"创作手法。"仁术"、"仁心"，以及"保氏"、"保赤"，用来加强语气，再用"江左十年"与"河阳一县"进一步叙说、表彰，简洁凝练的内容相对又互补，切合具体情、事，把特定的景、物、事传神地表现在一副联中。

邵某某题金陵长乐渡生生堂总局

不作风波于世上；
自无冰炭在胸中。

作者邵氏，名字不详，当为清咸丰年间人。"生生堂"为清代中叶由民间发起，由开明士绅、商人和殷实人家创办的水上救生、抚助、收葬等善事之机构。总堂设在中华门东之长乐渡，当时由金陵旺族甘氏甘福先生首倡，联合叶、龚、杨、费等开明士绅捐金而设。遴选公正、殷实之士轮流值班管理，对有疾病而无钱治疗者，鳏寡孤独者，家遇天灾人祸者进行救济，使之渡过难关。所经手账目、资金，每至年底则"刊刻清册，历历可稽"。这样一来，闻名遐迩，周围四面八方人士，皆仿而行之，设立分局不一而足。自总堂成立，二十多年来卓有成效，靠救助而得以生存者不计其数。诚一大善举也！

此副楹联悬挂在生生堂总局大门上。根据联意来判断，它是一副规劝人们行善、不做坏事的七字说理联。上联意为：做一个老实人，多行善事，不要无事生非，在世上兴风作浪。下联意为：如果能做到上面所说多行善事，与世无争，则心中平静如水，不会走向极端，而给社会带来麻烦与不安宁现象。

这副联是采用"流水对"手法创作，对仗也很工稳："不作"对"自无"为虚词对仗，"风波"对"冰炭"为句中对（风对波，冰对炭），"于"对"在"为虚词对仗，"世"对"胸"为名词对仗，"上"对"中"为方位词对仗。另"风波"一语双关，本意是生生堂是在水上救生，所以用"风波"二字，但又有"事端、麻烦"含义在内。"冰炭"二字，本是水火不能相容，在此联中又有走向两个极端之意。情境的渲染，技法的应用，都达到了一定的高度。

佚名题南京同仁堂

品味虽贵，必不敢减物力；
炮制虽烦，必不敢省人工。

此联作者名姓不详。同仁堂，为旧中国北平（今北京）乐氏家族独资经营的最老的中药商店，前店后坊，始创于清初，在雍正朝时开始为御药房服务，享有预领官银、调剂药价的特权。清末时所设分店三十四个，遍及各大城市。南京同仁堂位于三山街中华路上，所生产销售的各种丸、散、膏、丹质量好，声誉很高，并有名医坐堂，现场加工炮制，极大地方便了病人。现中华路同仁堂因建设需要已搬迁。

这一副联客观上说不是联，因为它不符合楹联格律要求：平仄声相反，不用重字等。它实际上是两句字数相等的语句，可以作为广告语来看待。上联意为：虽然各种药材很贵重，但为了百姓，为了本店的声誉，我们绝不能以假充真，以次充好。下联意为：虽然做成中成药过程很烦琐复杂，但为了病人健康，我们绝不能偷工减料。也可以说是同仁堂的堂规和办店宗旨，是同仁堂药业所追求的企业文化。

于右任题马祥兴菜馆

百壶美酒人三醉；
一塔秋风映六朝。

于右任（1879～1964年），国民党元老，近代著名书法家、政治家。早年参加民主革命，为同盟会中坚，诗书造诣极高，尤以草书见长，被誉为"当代草圣"。辛亥革命成功后，正当他有意在任上为国为民干一番事业时，孙中山被迫去职，于亦不得不离任，打算去上海另谋发展。临行时，他遍访南京名胜古迹。这天，来到南门外，走到一名为"宝塔根"的地方，人言这就是大报恩寺遗址。后来他到了马祥兴菜馆，酒香肉美，高兴之余，应店主人之请，提笔写下这副著名的楹联。

该菜馆原为清道光年间河南人马思发来南京首创，后其子马盛祥将店开在中华门外大报恩寺附近，店名曰"马祥兴"，所以联中有"一塔秋风映六朝"句。上联言店中酒好且多，能令食客醉倒几回（三为虚词，形容多次）。

联中既赞人生美好如醇酒之醉人，亦叹世事多变难测。因有此联，竞相光顾的客人日益增多，"马祥兴"由此生意日盛，名气愈叫愈响，成为南京一家有名的清真菜馆。

于右任题利涉桥大集成菜馆

玉壶买春，赏雨茆屋；
座中有士，联句竹亭。

利涉桥，在古桃叶渡，清顺治年南京孝陵卫人金云甫，见渡者多溺而捐建，时江宁知府李正茂命名为"利涉"。金云甫死后被祀为桥神，建阁桥下，名金公祠。大集成菜馆建在利涉桥畔，是民国时南京的一家有名菜馆。国民党元老于右任时任国民政府监察院院长，是当时著名的教育家、书法家，能请到他为菜馆题写楹联，那真是莫大的幸事！此举对菜馆广告效应不言而喻。

"玉壶"，茶壶之美称。"买春"，茶壶里沏的是春天的新茶，仿佛将春天买来装在茶壶里。"茆"，通"茅"字。此时茅屋外正飘着丝丝春雨，好像一幅画移来眼前让客人观赏。而今天的座上客都是诗酒风流之士，大家在小竹亭中吟诗联句，品茗赏春，好不快哉！

于右任题六朝居茶社

近夫子之居，食不厌精，脍不厌细；
傍秦淮左岸，与花长好，与月长圆。

南京秦淮河，自六朝以来，就是文人荟萃，商贾云集之地，号称"六朝金粉，十里秦淮"。夫子庙居秦淮风光带之中心地段，原是奉祀孔子之所，明清时期，这里因有孔庙、学宫、贡院三大文教建筑群，更显为重中之重。六朝居茶社就坐落在这里。此联也是国民党元老、著名书法家于右任所撰并书。

上联说明茶社位置靠近夫子庙大成殿。下面自然引出《论语·乡党》中一句"食不厌精，脍不厌细"，形容茶社的饮食非常精美而讲究（过去茶社一般也供应菜肴）。下联说茶社就在秦淮河岸边，风光景色秀美，希望它能像花一样长开长好，永不凋谢败落，也希望它像天上一轮明月长圆无缺，永远兴旺发达。这副楹联在创作中应用"本句自对"手法，使联语自然而生动，不加斧凿，形对意联，取得很好的效果。如"食不厌精"对"脍不厌细"，"与花长好"对"与月长圆"。

佚名题金陵酒楼

竹叶杯中，万里溪山闲送绿；
杏花村里，一帘风月独飘香。

此联作者姓名不详。酒楼位于南京何处也不清楚，但从"杏花村里"四字中可以联想到大概在城西集庆门内的凤凰台靠近胜迹杏花村附近。雕刻着竹叶图案的茶杯中，仿佛是万里之外的溪水山川，将一片绿色（指茶）送来。那靠近杏花村的酒肆里，被风吹得时卷时合的酒帘子后，飘出酒、菜的香气令人陶醉。有关杏花村在何地何处，文学史上有各种观点。有说在山西汾阳，有说在安徽贵池，有说在湖北麻城，还有说在山东水泊梁山。其实最早见于史籍的当数金陵凤台山的杏花村。晚唐诗人杜牧《清明》诗，是他在太和七年（833年）春游金陵时作。明清时金陵四十景、四十八景皆有"杏花沽酒"一景。可知杜牧笔下的杏花村就在南京。

此联对仗工稳，平仄声协调。如"竹叶"对"杏花"，"杯中"对"村里"，"万里"对"一帘"，"溪山"对"风月"，"闲"对"独"，"送绿"对"飘香"，是一副不可多得的好联。

佚名题南京仁德堂

虽无刘阮逢仙术；
只效岐黄济世心。

仁德堂原坐落鸡鸣寺对面，乃明代吴氏宗庙遗留，后人吴尚公恢复为"吴尚公慈济诊所"，佛教界名人茗山法师书联"积德虽无人见；存心自有天知"贺之。"刘阮"，东汉永平年间，浙江剡县人刘晨、阮肇到天台山采药迷路，遇到两个仙女，被邀至家中，半年后归家，子孙已过七代。"岐黄"，古时岐伯与黄帝，相传为医家之祖，后以岐黄作为中医学术之代称。联意为：我们虽然没有像能令刘晨、阮肇逢仙的长生不老之术，但我们有一颗像岐伯与黄帝用精湛的医术济世的赤子之心。此联用典独到，表达了南京仁德堂的行业特征，以及经营者用精湛的医技，为广大患者热情服务的决心。

佚名题鞋店

由此登堂入室；
任君步月凌云。

鞋业在过去为手工业户，前店后坊，自产自销，批发零售兼营。原来它与帽业是在一起经营的。1908 年，南京的鞋帽业分为鞋业和帽业两个行业。1934 年，鞋业、帽业和袜业合并称为鞋帽袜业。1936 年，南京的鞋业单独改称履业。它和广大人民群众的生活紧密相连，息息相关。

这副对联巧妙运用两个典故，激起人们购买的欲望。"登堂入室"，堂为古代宫室的前屋，室为后屋。代表由低处到高处，步步高升。"步月凌云"，步月即上了月亮。古时科举，考中了就好比到了月宫攀折桂花。凌云代表青云之路，即大富大贵。联意为：赶快来买我店里的鞋吧，你穿上它，从这里就开始步步高升，直到月宫攀桂，能致大富大贵。这是一副绝妙的广告联。此联对仗工稳，词性相同而平仄声调相反。"由此"对"任君"，"登堂"对"步月"，"入室"对"凌云"，读起来抑扬顿挫，朗朗上口。

佚名题帽店

看书狂欲脱；
得志喜频弹。

前面说过，以前南京的帽业是与鞋业合在一起的，统称鞋帽业。前店后坊，自产自销，批发与零售兼营。清代光绪十六年（1890年），南京帽业就生产了当时盛行的瓜皮小帽五万多顶，不仅满足了本地市场需求，还销往北方各地。此后，出产的童帽、草帽、罗宋帽等大量行销各地，可见当时南京帽业的盛况。

此联为一短联，每边只有五个字，然而精简凝练，一语中的。你看，这位读书的先生，正看到好处，解了心中疑惑，不禁精神振作，一高兴就把帽子摘了。下联用了"弹冠相庆"的典故：汉代的王吉与贡禹二人为好友，王吉做了官，贡禹听到消息，就高兴地将帽子上的灰土掸干净，也准备出来做一番事业，因为王吉肯定会推荐他。上下联都没有点明帽子主题，但都又在说明就是帽子。此联堪称佳作。

佚名题钟表店

可取以准；

勿失其时。

南京的钟表业形成较晚，19世纪30年代才逐步发展起来，因质量、造型好，曾于1915年美国旧金山"太平洋万国巴拿马博览会"上荣获金奖。到20世纪40年代转旺。当时市内有名的钟表店有亨达利、亨得利、伦敦、大光明、首都、华盛顿、太平洋、惠龙等十多家。这些都是从事销售和修理业务的。20世纪70年代，南京手表厂生产的"钟山"牌手表，因质量好、价格合理而受到全国人民的欢迎成为紧俏商品。那时人们结婚，家庭条件好的人家一般要准备"三大件"，即自行车、手表、缝纫机。能戴上一块"钟山"表，真不知要受到多少人的羡慕呢！

这副联言简意赅：钟表的特点就是准时。下联展开一步来说：做任何事，都要掌握火候，莫要错过最佳时机，良机一失，不可再得。短短八个字，将钟表特性展示得淋漓尽致且有发挥，可谓"不着一字，尽得风流"。

佚名题理发店

虽为毫末技艺；
却是顶上功夫。

　　古时男女皆束发。男童顶面束发称为"护心"，头顶后面留"桃形"发块。长发结辫意为"祝福长寿"。女子蓄长发，额前梳"刘海"，长发结辫为少女，已婚者束盘卷，开脸整容。远在六朝时期，南京人的发式已相继出现单环、双环、三环等式样。男子束发便于戴冠，女子饰加金翠珠玉体现风采。南唐时期，南京已有专以梳理整容的男女发匠。明代南京作为首都，人口稠密，理发匠日益增多。民国初期，在西方文明的影响下，男女时兴剪发。1931年，烫发技艺由上海传入南京。新中国成立后，南京著名的理发店有国光、国际、人人、鼓楼等多家，为美化南京市民的生活起了重要的作用。

　　关于理发业的楹联可谓多矣，如"新事业从头做起；旧现象一手推平"，"入门尽是弹冠客；去后应无搔首人"等。这一副联意为：理发虽然是一门小小的技术，可是它能在您的头上下足功夫，就不是一件小事了。"毫末"、"顶上"，一语双关，"毫末"也指头发，"顶上"又指技术精湛。

佚名题浴室

共沐一池水；
分享四时春。

　　洗澡可以健身、治病，早在东吴时期已为人们所认识。唐代著名画家韩滉的女儿患皮肤病，后在汤山温泉沐浴而愈，韩为此在汤山建圣汤延祥寺，俗称汤王庙。明朝初年，南京建有瓮堂（半球形双曲拱顶）浴室 5 处，其中位于中华门悦来巷的聚恩泉浴室保留至今。清朝末年，南京有 9 处浴室，保留至今的有三山池、凤来池、汉新园、又新池 4 家。民国时期浴室数量大增，最集中之地在夫子庙一带。新中国成立初期南京有浴室 69 家，20 世纪 90 年代末达 300 余家。

此联不过 10 个字，却将浴室服务的特点明确地展现在人们面前：大家共同沐浴在一池热腾腾的水中，洗尽一身污垢，分享着四时皆春的舒适环境。当然这是过去传统的洗浴方式，现在只有不多的地区沿用，一般都已分池或淋浴（从健康、卫生的角度考虑）。此联对仗词性相同，"共沐"对"分享"，"一池"对"四时"，"水"对"春"，给人印象深刻、难忘。

陶行知题晓庄师范学校

以宇宙为教室；
奉自然作宗师。

陶行知（1891 ~ 1946 年），安徽歙县人。人民教育家、思想家、中国民盟主要领导人之一。1914 年赴美留学，师从著名教授杜威等研究教育。1926 年发表《中华教育改进社改造全国乡村教育宣言》。1927 年创办乡村师范学校——晓庄学校。1932 年创办生活教育社及山海工学团，设想以教育为主要手段来改善人民的生活。提出"生活即教育"、"社会即学校"、"教、学、做合一"等口号。他的有关平民教育名言有许多，如"捧着一颗心来，不带半根草去"、"教育是立国之本"、"千教万教，教人求真；千学万学，学做真人"等等。他为中国国民教育和追求民主辛勤奔波，因劳累过度，1946 年病逝于上海。

此联意为：学生们不要死读书、读死书，不要墨守成规，拘于书本中有限的知识，须知"纸上得来终觉浅"，应该走出课堂，走向社会，社会就是一座大课堂。要与大自然融合在一起，让学生们走上创造之路，手脑并用，劳力加劳心。解放学生的头脑、双手、双脚、时间、空间，使他们充分得到自由的生活，从自由的生活中得到真正的教育。这种教育方法与明代泰州大儒王艮所提倡教育"百姓日用即道"方法不谋而合，这种以人为本、教人求真的教育学术思想和精神，值得我们学习和发扬。

贺赠联

贺赠是楹联的一种表现形式，用于诸如祝贺结婚、乔迁、升职、生日，以及赠答、迎送亲友等。

刘孝绰自题

闭门罢庆吊；
高卧谢公卿。

南京为南朝都城，物华天宝，人杰地灵，文人雅士辈出。其中，梁朝刘孝绰（481～539年）就是当时文坛佼佼者。刘孝绰出身官宦世家，自幼即以"神童"闻名。但"文章憎命达"，刘孝绰恃才傲物，前后遭免官达五次之多，晚年郁郁不得志。

一次，孝绰又被罢官，干脆在京城（当时叫建康）闭门不出，书写了"闭门罢庆吊；高卧谢公卿"两句话贴于自家两扇门板之上，字里行间表达了豁达、大度的胸襟和高洁的志向。刘孝绰有三个妹妹，皆有才学。三妹刘令娴诗书俱佳，文辞清拔，看到兄长的"自白"后，也作一联："落花扫仍合，丛兰摘复生。"虽然联句欠工，但语句皆骈俪，又题于门上，一时间传为佳话。在"春联"这一名词出现之前，这其实可算作春联的最早雏形。

朱元璋赠徐达

破虏平蛮，功贯古今第一；
出将入相，才兼文武无双。

这副对联是明太祖朱元璋（1328～1398年）亲自为开国元勋徐达（1332～1385年）撰写的。徐达和朱元璋是同乡，小时候一起放牛，长大后共同戎马征战几十年，"廓江汉，清淮楚，电扫西浙，席卷中原，威声所振，直连塞外"，为开创明王朝立下了盖世之功。

徐达戎马一生，善于治军，更难得的是为人谨慎，官至右丞相，封魏国公，被誉为明朝"开国功臣第一"。徐达死后，大明帝国开国皇帝明太祖朱元璋还追封其为中山王，可见朱元璋对他的器重。朱元璋在联中称赞他"功贯古今"，这并非虚夸滥誉。徐达虽出身贫寒，但一向谦虚好学，在血与火的洗礼中历练出非凡智谋，从一介草莽英雄，最后逐渐成长为一代名将、一代名相，所以又说徐达"才兼文武"。此联气魄非凡，极其符合撰联者和受赠者的身份。

朱元璋赠陶安

国朝谋略无双士；
翰苑文章第一家。

陶安（1315～1368年），字主敬，元末明初当涂人。六岁丧父，矢志读书，日记千言，博览群书，识见非凡。1355年，朱元璋渡江至当涂，陶安偕乡里父老迎谒，即被召见。陶安向朱元璋献议，深受器重。朱元璋甫称吴王，在金陵初置翰林院后，即首召陶安为学士，册定律令，议定礼制。定鼎南京后，朱元璋常亲至东阁，与陶安等议论前代兴亡经验教训及得失。

本联是朱元璋亲撰，赞赏陶安的文才、谋略乃古今"无双"、天下"第一"，赞誉之情溢于言表。陶安在朝十余年，恪尽职守，朱元璋十分宠渥于他，君臣之间也做到了善始善终，这在朱元璋朝确为罕见。

李渔贺毛稚黄迁居

望重不宜居闹市；
书成恰似入名山。

　　李渔（1611～1680年），号笠翁，浙江金华人，明末清初文学家、戏剧家、戏剧理论家、美学家，休闲文化的倡导者、文化产业的先行者。一生著述丰富，著有《笠翁十种曲》《闲情偶寄》《笠翁一家言》等，还批阅《三国志》，改定《金瓶梅》，倡编《芥子园画谱》等，是中国文化史上不可多得的一位艺术天才。李渔被后世誉为"中国戏剧理论始祖"、"世界喜剧大师"、"东方莎士比亚"，被列入世界文化名人之一。大约1662年前后，李渔来到文人荟萃、虎踞龙盘的六朝古都南京，他文化事业上的全新时期也是从金陵开始的。毛稚黄，生平不详。

　　"望重"，有声誉受人敬仰的人。"名山"，是名山事业的略称。汉司马迁撰《史记》，希望书成之后能"藏之名山，传于其人"。后以著作为"名山事业"。联语造句稳重，上联切迁居，下联切著述成就，颂扬之意及祝贺之情自见。

李渔贺张之鼐夫妇双寿

月圆人共圆，看双影今宵，清光并照；
客满樽俱满，美齐眉此日，秋色平分。

　　张之鼐，字仲谋，号半庵，浙江仁和人，曾为李渔的诗文及《论古》写评。张之鼐夫妇生辰均在中秋。

　　上联以月写人，"月圆人共圆"切景切情，"双影"、"并照"象征夫妻恩爱。"清光"，既有明月冰清玉洁的本义，又含友人夫妇容光清癯、品格清雅的寓意。祝颂之忱，溢于言表。下联以秋写人，用秋日收获季节象征举案齐眉的恩爱夫妇，同时突出了宾客盈门、酒宴丰盛的喜庆场面。联句遣词工丽，语意吉祥，所用"共"、"俱"、"双"、"齐"、"并"、"平"，皆有双义，用以贺双寿尤为妥帖。

李渔赠贾汉复

未闻安石弃东山，公能不有斯园，贤于古人远矣；

漫说少陵开广厦，彼仅徒怀此愿，较之今日何如。

贾汉复（1605～1677年），字胶侯，号静庵，明末清初山西曲沃人，清初名臣、名将。入清后，官至兵部尚书、陕西巡抚。安石，晋时谢安，字安石，"高卧东山"四十余始出仕。

"斯园"，贾在京建有一园亭，自己不居，改为乡馆，"凡山右（即山西）名贤之客都门者，皆得寓焉"。"少陵"，唐代大诗人杜甫，字子美，号少陵野老。"广厦"，杜甫曾在《茅屋为秋风所破歌》中高呼："安得广厦千万间，大庇天下寒士俱欢颜，风雨不动安如山！"杜甫"徒怀此愿"，但无法实现，而如今贾汉复却把它实现了。联语有感而发，叙中有议，追昔抚今，以谢安和杜甫作比，意在褒扬贾氏，从中亦可见作者对贾汉复品格的赞誉。

李渔赠朱建三寿

七夕是生辰，喜功名事业从心，处处带来天上巧；

百花为寿域，美玉树芝兰绕膝，人人占却眼前春。

朱建三是李渔的一位亲戚，生于七月七日，所居之里，名百花巷，本联即依此线索为构思。七夕，民间节日，又称乞巧节，神话故事说农历七月七日夜，牛郎织女天河相会，此时妇女可以穿针引线，向织女乞求智巧。

"玉树芝兰"，即芝兰玉树，出自《晋书·谢安传》，"譬如芝兰玉树，欲使其生于庭阶耳"。此处指朱建三贤惠的子孙。上联以朱七月七日生辰铺叙，意谓七月七日是你的生日，你一生功名事业件件如意、事事称心，这都是因你生辰好，从天上获得了智巧。下联从朱建三所居百花巷加以发挥，意谓你在百花巷居宅做寿，子孙孝贤，全家美满，春风得意。本联借眼前事物发挥，上联以"得天上巧"为眼，下联以"羡眼前春"为衬，充满喜庆欢快之意。

吴敬梓题《儒林外史》

读书好，耕田好，学好便好；
创业难，守成难，知难不难。

吴敬梓（1701～1754年），字敏轩，又字文木，安徽全椒人，清代著名文学家。曾应试科举中举人，后在秦淮河畔寓居秦淮水亭。晚年生活困顿，要靠卖文和朋友接济度日，"囊无一钱守，腹作千雷鸣"。尽管穷困潦倒，但是吴敬梓仍然深爱着南京。他创作的杰出长篇小说《儒林外史》，是我国古典讽刺小说中的代表作品。

此联出自《儒林外史》第二十二回"认祖孙玉圃联宗，爱交游雪斋留客"，吴敬梓在描绘扬州大盐商万雪斋居所时写道："当下走进了一个虎座的门楼，过了磨砖的天井，到了厅上。举头一看，中间悬着一个大匾，金字是'慎思堂'三字……两边金笺对联，写'读书好，耕田好，学好便好；创业难，守成难，知难不难'。"看起来这对联是作者写盐商万雪斋的，实则是作者对自身境遇以及追求的感慨和写照。作者本出身官僚家庭，家境殷实。祖辈在明清两代曾是达官显宦。吴敬梓一支从他祖辈起就已日渐衰微，以致最后田地卖光，"祖业"也无法安守，晚年生活更是凄凉。作者借助书中这副对联，说出了他自己对人生的深切感受。上联作者通过重复几个"好"字，突出表现"学好便好"的主题。封建社会推崇的是"万般皆下品，唯有读书高"。作者看法不同，认为"读书"和"耕田"只要认真"学好"就是好事。在下联，作者则使用"难"字重复，表达出"知难不难"的内涵。创业难，但守业更难。作者告诉读者：一个人只要明白了事情的艰难，知难而进，难事也就不难了。这副复字联，将生活中深奥的道理用浅显明白的哲理语言予以表现，读后令人回味深思。

曹雪芹题《红楼梦》宁国府联

世事洞明皆学问；
人情练达即文章。

古典小说名著《红楼梦》与南京的关系十分密切。作者曹雪芹（约1715～1763年），名霑，生于南京，约十七岁时迁回北京。他创作的长篇小说《红楼梦》（初名《石头记》），是我国古代四大名著之一，也是世界文学经典巨著之一。曹雪芹曾祖曹玺从康熙二年（1663年）到南京督理江宁织造，子孙（曹寅、曹颙、曹頫）世袭其职，共计历任五十八年之久。曹雪芹是曹頫之子，早年在南京江宁织造府亲历了一段锦衣纨绔、富贵风流的生活。毋庸置疑，《红楼梦》是以其南京的家庭生活为创作基础，以南方文化尤其是南京为历史背景进行构思的，描绘的自然风貌主要是南方文化的意象。

《红楼梦》中的楹联佳对，看似信手拈来，却是寓意深刻。《红楼梦》第一回描写的"太虚幻境"有联"真作假时假亦真；无为有处有还无"；第二回中智通寺有联"身后有余忘缩手；眼前无路想回头"，用在暗示贾府由兴盛至衰落，是一个极好的概括。第五回中宁国府上房内间有联曰"世事洞明皆学问；人情练达即文章"。意思是：把人情世故弄懂就是学问，有一套应付本领也是文章。此联俗而不浅，含有哲理，耐人寻味。这一对联展示了儒家的传统观念，表达了儒家思想中的入世思想，也是封建道德标准之一。

鄂比赠曹雪芹联

远富近贫，以礼相交天下少；

疏亲慢友，因财绝义世间多。

鄂比（1770～1838年），清代乾隆时满族正蓝旗人，与曹雪芹为故交好友，官至刑部尚书。曹雪芹一生经历了从"锦衣玉食"到"举家食粥"的巨大转变，晚年家境极为贫苦，过着"寒冬噎酸韭，雪夜围破毡"的生活。可是他性格傲岸，颇有骨气，常只和一些愤世嫉俗、志同道合之友诗酒往来，关系甚密，鄂比因以此联为赠。

"远"，疏远。"近"，亲近。"疏"，疏远。"慢"，对人傲慢。上联盛赞曹雪芹远富贵近贫穷，不趋炎附势，不攀高厌低，对人以礼相交，品德高尚，进而慨叹：可惜这样的人太少了。下联感叹社会上疏远亲戚，怠慢朋友，因财而闹得妻离子散、朋友反目的事，实在很多。联语针砭时弊，论评深刻，一颂一叹，对赤裸裸的金钱关系进行揭露和抨击，揭示了当时社会的世态人情，也表达出对曹雪芹晚年凄凉困境的同情，实为一副佳联。

袁枚自箴

放眼读书，以养其气；

开襟饮酒，用全吾其。

袁枚（1716～1797年），浙江钱塘人，字子才，晚年自号苍山居士、随园主人、随园老人，清朝乾嘉时期代表诗人、散文家、文学评论家。乾隆四年进士，为官勤勉，颇有名声，奈仕途不顺，无意吏禄。乾隆十四年辞官隐居于南京小仓山随园，吟咏其中，广收诗弟子，女弟子尤众。袁枚倡导"性灵说"，与赵翼、蒋士铨合称为"乾嘉三大家"（或

"乾隆三大家"、"江右三大家"），又与赵翼、张问陶并称"乾嘉性灵派三大家"，为"清代骈文八大家"之一。文笔与大学士直隶纪昀齐名，时称"南袁北纪"。主要传世的著作有《小仓山房集》《随园诗话》《补遗》《随园食单》《子不语》及《续子不语》等。享年82岁，逝后葬于南京百步坡，世称随园先生。

"腹有诗书气自华"，古人认为，读书可以养气。孟子曾说，"吾善养吾浩然之气"。袁枚活跃文坛六十余年，所开创的性灵说，主张抒情写性，有其独特风格和艺术成就。本联就是其个人主张和志趣的体现：读书、饮酒，皆得其所，不受束缚。这是其生活遭际中真实的感受、情趣和识见，突破传统，率真自然，用语清新，具有灵巧的艺术风格。

袁枚贺史贻直七十寿诞

南宫六一先生座；
北面三千弟子行。

史贻直（1682 ～ 1763 年），字儆弦，号铁崖，江苏溧阳人，人称"六部尚书、三朝元老、九州总督"。史贻直十岁能诗，长大后才识过人，于康熙三十九年（1700 年）登进士第，雍正元年升内阁学士。史贻直曾任两江总督，乾隆九年授文渊阁大学士兼吏部尚书，"周巡六曹，出入九镇"，权倾一时。他办事深知朝廷旨意，甚得皇帝喜爱和赏识，雍正皇帝曾一日之中三次召见他，进行咨询和褒奖。乾隆皇帝曾赐给他雍正遗下的鹅黄蟒袍和团龙补服，特批他在宫中上朝时可以坐轿，天冷天热可以在家办公。清廷对他的宠信和礼遇可说是前无古人、后无继者。史贻直喜爱奖掖人才，他推举人才从不与对方言。曾三任会试总裁，两任教习（学官名）庶常，门下士子大多职位显要，可谓门生弟子人才济济。因此，史公七十寿辰时，献联者充门，但据说唯有两联为他所许可。其一是许佩璜刺史"三朝元老裴中令；百岁诗篇卫武公"的贺联，另一就是袁枚这副了。

　　史贻直任翰林院掌院时，袁枚是庶吉士，颇受青睐。袁枚对史公的感情和敬慕也非同寻常。"南宫"，在清朝可指代六部尚书，特别是礼部尚书；也可指代会试考官，特别是主考。"六一先生"，是宋朝大文学家欧阳修晚年自号，以此作比，称颂史贻直学识和门生人才众多，颇合史贻直的身份，因此在众多贺联中脱颖而出，得到特别关注也就不足为奇了。

袁枚八十自寿

桑榆晚景休嫌少；
日落红霞尚满天。

　　杜甫《曲江》诗中云："酒债寻常行处有，人生七十古来稀。"可见，古人的寿命远远低于现代人。但是，清代著名诗人袁枚，却享年高达八十二岁，可谓高寿。他年逾八旬，仍神清气朗，作诗不止，写字不辍，被誉为"一代文星兼寿星"。袁枚一生遭际不堪，二十岁时就名冠京师，二十四岁成进士，然仕途坎坷，才智难以舒展，三十六岁即以奉养老母为名，归隐南京，定居随园，直到八十二岁驾鹤西去。在这近五十年的漫长岁月中，过着近似隐居的退休生活。他的养生观和生死观，颇能给人以启迪。

　　本联即作于八十自寿。"桑榆"句，化用唐刘禹锡诗"莫道桑榆晚，为霞尚满天"。"日落"句，化自唐李商隐《乐游原》诗"夕阳无限好，只是尽黄昏"的诗意，但反其意而用。联语化用自然，尽道夕阳红的个中深意：岁月莫嫌短，努力当珍惜。从中更加能体会出袁枚处世积极乐观的态度，字里行间处处是乐观进取的精神以及自豪自足、洒脱乐观的情绪，颇有感染力，令人敬佩。

袁枚贺孟姓母何氏寿诞

人间贤母原推孟；
天上仙姑本姓何。

寿联的内容以切事、脱俗、工整而有韵味为上乘。所以撰寿联，须看不同对象，拟定主旨。对人则恰如其分，对事对物则描摹生动，不务虚华，使人明了其意，引人共鸣。对于"孟何氏"这样的嵌名，还真得另辟蹊径才行，这难不倒袁大才子。袁枚就找到了不一样的嵌名方法。

"贤母"，指孟子母，曾三次迁居，选择良好环境教育孟子，被视作为古代贤母的典范。"仙姑"，指何仙姑，传说中的八仙之一。本联嵌寿者夫家和娘家之姓，祝颂寿者为"人间贤母"，"天上仙姑"。嵌姓巧妙，运典切题，给人以巧妙天成之感。作为一副贺寿联，的确是赞颂有加，又显吉祥如意。

袁枚赠钦天监正宋子青

手握机衡，俾雨旸之时若；
胸罗象纬，顺轨度以无愆。

钦天监，中国古代国家天文台，承担观察天象、颁布历法的重任。钦天监正，相当于国家天文台台长。由于历法关系到农时及耕作、收获，加上古人相信天象改变和人事变更直接对应，钦天监正的地位十分重要。

"雨旸时若"，出自《书·洪范》，指晴雨适时，气候调和。"无愆"，亦作"无咎"，没有过失。上联意为宋子青手中掌握着测量天机的设备，能知道什么时候出太阳，什么时候下雨；下联说因为胸中装着经纬，顺应规律和法度，从来没有出现过差错。此联语气平实，在阐明了钦天监职责的同时，也赞美了钦天监正的才学和重要性。

袁枚赠溧水知县张惠堂

后我卅年，同为此地亲民宰；
通家两代，曾见而翁上学时。

　　袁枚二十四岁中进士，为翰林院庶吉士。后改放知县，"摄理溧水县事"，溧水是他第一个任所。按当时朝廷选放，"摄理"溧水县事，类似于试用阶段，还不是实授县官。袁枚由翰林改任溧水县令，初抵溧水难免感到人地生疏。"津吏传呼款碧轮，簿书裁冗一番新。初官直似为新妇，满眼何尝有故人。"初来乍到忐忑的心情，在他的这首《初抵溧水县署》诗中表达了出来。但袁枚毕竟少年得志，才华横溢，虽为"七品芝麻官"，但不甘沉沦，努力为地方办实事，溧水地方父老对于他的治绩多加肯定，传颂不衰。袁枚文集中，曾多次提及在溧水的这段往事，表现了对溧水的留恋之情。四十年后，通家之谊的故人之子也步袁枚之路，来溧水任职，袁枚的兴奋、亲切、期许的感情都感化在了这副对联中。

　　"卅"，音细，四十。"通家"，指彼此世代交谊深厚、如同一家。袁枚在《随园诗话补遗》中记述这段事情时，谦虚地说："盖实叙平生佳话，非敢挟长也。"的确，联语朴实如话家常，亲切如对面谈心，不过，长辈的殷殷嘱托之情尽含其中。

袁枚赠金陵太守谢锽

太守风清，江左依然迎谢傅；
先生来晚，山中久已卧袁安。

　　谢锽，北京大兴县人，雍正八年庚戌科（1730年），二甲第九十七名，赐进士出身，清雍正十二年（1734年），任山东郯城知县，乾隆十七年（1752年），任光州知州，官至金陵太守。这副联是他做金陵太守时，向袁枚讨要的楹联。

谢傅即谢安（320～385年），字安石，东晋宰相。曾隐居东山多年，四十余岁重又出山，临危受命，指挥若定，以"淝水之战"拯救东晋王朝于水火倒悬，谢安由此而成为一代名相。

袁安，东汉大臣。未仕之时，客居洛阳，颇有贤名。一年冬天，洛阳令冒雪访他。院子里积雪很深，洛阳令只得让随从扫出一路始进袁居。袁安此时正冻得蜷缩床上，瑟瑟发抖。洛阳令问："你怎么不求助亲戚呢？"袁安说："大家都没好日子过，大雪天我怎好打扰人家？"洛阳令佩服他的贤德，推举他为孝廉。为官后，袁安不畏权贵，守正不移，是节高行清的代表。

此联巧妙引用历史典故，把谢镕比作袁安、谢傅，盛赞了其德才和节操，亦含勉励之意。

梁同书贺袁枚寿诞

藏山事业三千牍；
住世神明五百年。

梁同书（1723～1815年），字元颖，号山舟，钱塘人，大学士梁诗正之子。梁同书生性重孝，以书法著名。

本联通过对袁枚著作事业的赞誉而表达出对其生日的祝贺。"藏山"，语出司马迁《报任安书》"藏之名山，传之其人"，意指著作传给可以传的人。"三千牍"，形容著作多。牍，古时写字的木片，后指公文、书信等，这里指著作文章。"住世"，谓存留世上。"神明"，指袁枚著作的思想精神。"五百年"，泛指时间很长。上联赞美袁枚著作丰盛。下联预言袁枚著作必将对后世产生深远影响。语气真诚恳切，赞美也显得恰如其分，寓意美好吉祥，不失为寿诞联之典范。

赵翼赠袁枚

野王之地有二老；
北斗以南只一人。

　　赵翼（1727～1814 年），字云崧，号瓯北，江苏阳湖（今常州）人，清代诗人、史学家。清乾隆二十六年（1761 年）探花，官至贵西兵备道。诗与袁枚、蒋士铨齐名，时称"江右三大家"或"乾隆三大家"。"李杜诗篇万口传，至今已觉不新鲜。江山代有才人出，各领风骚数百年"即出自赵翼《论诗》一篇。

　　"野王二老"，指高人隐士，源于刘秀的一个典故。刘秀占据河北与更始决裂后，送邓禹西征。回来的路上在野王顺路打猎，见路边有两个老人也是打猎的模样，便问："何处可以去打猎？"二老指向西边，却说："那里有许多老虎，即便打到猎物，你也会被老虎吃了，大王您不要去。"刘秀说："只要有所防备，老虎有什么可怕的？"二老说："大王的话真是荒谬呀！昔日商汤在鸣条打败夏桀，建都于亳；周武王在牧野打败商纣，建国于郏鄏，这两个开国君王的防备还不周密吗？取代别人为王，到头来也被别人取代，虽然有防备，结果又怎么样呢？"刘秀意识到这两个人是高人，想要请他们辅佐自己，可是转眼间野王二老却飘然而去，不知所踪了……

　　"北斗以南"，北斗就是最北的了，最北的以南，就是全天下。语出《新唐书·狄仁杰传》："狄公之贤，北斗以南一人而已。"文人未必相轻，有才德的文人之间往往惺惺相惜，并相互推崇，赵翼袁枚可见一斑。此联把袁枚称为"只一人"，推崇之盛、赞誉之隆达到了无以复加的地步，从中亦可推想出二人友情之重。

赵翼赠朱玉联

怜卿新种宜男草；
愧我重看及第花。

朱玉，生卒年不详，南京秦淮校书（校书，此指旧时对歌女或妓女的雅称），姿色出众，敏慧识人，结交了一批当下的名流大腕。当年，秦淮十里笙歌，青楼文化盛行，许多文人墨客喜欢结交色艺双绝的校书。嘉庆十五年（1810年），是"江右三大家"之一的赵翼中举六十周年。这年秋，赵翼以八十四岁的高龄与同科举人姚鼐亲至南京，重赴鹿鸣宴，参加了中举六十周年的庆祝活动，受到隆重欢迎。活动之余，赵翼经常去朱玉家看望她。朱玉向先生要一副对联作为纪念。当时，朱玉看上去已经怀孕了，有生子之兆，赵翼即撰此联以赠。

"宜男草"，即萱草。古代迷信说孕妇佩之则生男，故名。"及第花"，杏花。赵翼是乾隆二十六年（1761年）进士，殿试拟第一名状元，高宗乾隆皇帝却认为清代陕西一直无状元，就与陕西王文端对调，将赵翼取为第三名探花。古时，新科进士举行盛大宴游活动之时，有派"探花郎"摘取满园怒放杏花的雅事，因此红杏花也被称为"及第花"。此联意为美女您年轻又孕育了新的生命，而老朽羞愧只能重新看看及第花了。联语即景生情，幽默而富文采，清新雅致，别有韵味。

铁保自题

且将高咏娱良日；
况有清修及盛年。

铁保（1752～1824年），爱新觉罗氏，后改栋鄂氏，字冶亭，号梅庵，清满洲正黄旗人，乾隆进士。官至两江总督，吏部尚书。铁保优于文学，词翰并美，以文章和书法驰名朝野，是满人中最著名的书法家，时人评论他的书艺堪与刘墉、翁方纲鼎足而三。铁保一生，经历充实又颇带坎坷。他历经近五十年宦海沉浮，最高时官居一品，退休时仅为三品衔。他做事敢作敢当，率意天真，每每替部下承担责任。他曾出任要职，为官恪尽职守，屡有政绩，也因故两度遭到革职，分别被遣戍新疆和吉林。在每次波折的人生遭遇中，铁保总是表现出异常旷达的心胸，进退安然、荣辱不惊。

此联就是铁保始终保持昂扬、永不低沉的精神写照。"高咏"，激越咏唱。"清修"，指操行高洁美好。"盛年"，壮年。上联抒写趁良辰美景，高歌咏唱自娱自乐。下联用"况有"一转，写美好的操行及壮年之慨，表现其旷达的情怀和雅致。联语平铺直叙，凝练睿哲，耐人深品。

梁章钜贺林则徐复被起用

麟阁待劳臣，最难西域生还，万顷开荒成伟绩；
凤池诏令子，喜听东山复起，一门济美报清时。

梁章钜（1775～1849年），字闳中，晚号退庵，福建长乐（今福州）人，嘉庆进士，官至江苏巡抚，兼摄两江总督。他的《楹联丛话》等作品，在联史上占有重要地位。林则徐官至两江总督、湖广总督。后被诬革职，充军新疆。1845年，林则徐被清廷重新起用。当此时，其子林镜帆也被朝廷选拔为翰林院编修。梁章钜是林则徐的同乡，素有交情，特寄此联以祝贺。

"麟阁"，麒麟阁的简称，汉时图绘功臣画像于阁上，此语代朝廷。"劳臣"，指有功之臣。"西域"，指新疆伊犁。"万顷开荒"，指林则徐流放新疆期间，在该地勘垦屯田，兴办水利，推广先进生产技术，对新疆的开发做出了贡献。"凤池"，凤凰池的省称。唐以前指中书省，唐以后指宰相之职，此处代皇帝。"诏"，下圣旨诏见。"令子"，佳儿，对别人儿子的美称，此为优秀臣子之意。"东山复起"，指重新起用，委以重任。晋谢安石初隐东山，后因以"东山起"为隐士出来做官的典故。"济美"，继承前人的业绩，发扬光大。"清时"，太平盛世。联语叙中有议，情意恳切。联中既有对林则徐被流放的同情，又有对老友被重新起用的欢愉，同时对林则徐在流放期间仍治水开荒，为民造福，不计个人安危的高尚情操，表现出由衷的崇敬。

林则徐赠梁章钜

曾从二千石起家，衣钵新传贤弟子；
难得八十翁就养，湖山旧识老诗人。

楹联大师梁章钜与林则徐是一对好友。鸦片战争失败后，林则徐被革职，后又被充军到新疆。林则徐被重新起用时，作为老朋友的梁章钜听到喜讯，便写下一副对联以表恭贺。林则徐获得梁章钜此联后，也答赠了这副对联。

梁章钜初入仕途所任官职是知府，相当于汉代郡守（俸禄为两千石）的地位。他的儿子梁恭辰和父亲当初一样，初任官职是杭州知府，所以叫作继承衣钵。梁章钜时年七十三岁，故而林则徐则美称其为"八十翁"。两副对联可以看出两个老朋友亲密无间的友谊。梁徐之间互赠对联一时传为佳话。

汤贻汾赠园丁

靠山吃山，靠水吃水；
种豆得豆，种瓜得瓜。

汤贻汾（1778 ～ 1853 年），字雨生，号若仪，又号粥翁，江苏武进人，官至副将，后寓居南京，太平军攻克金陵时身亡。汤贻汾天文地理百家之学，均有造诣。诗文书画俱能，还爱好弹琴、吹箫、击剑、弈棋，可谓多才多艺。

园丁，管理庭院花园的人。这是一副集俗语联。这四句话是人人皆懂得、皆常说的话，作者用来串组成联，赠给园丁，对其中的因果关系做了揭示，不但意蕴更显深邃了，还别有一番寄寓。

林则徐自题

苟利国家生死以；
岂因祸福避趋之。

这副自题联，出自七律《赴戍登程口占示家人》诗中的颔联，是林则徐遭诬陷被流放新疆伊犁途中所作。全诗为："力微任重久神疲，再竭衰庸是不支。苟利国家生死以，岂因祸福避趋之。谪居正是君恩厚，养拙刚于戍卒宜。戏与山妻谈故事，试吟断送老头皮。"道光皇帝听信谗言，将林则徐罢官流放。在受到极大的打击下，林则徐没有消沉，更没有仅仅奉行"穷则独善其身"的古训，而是"自念祸及生死，早已置之度外"。在流放途中，他没有被悲观和绝望的情绪压倒，一路上与妻子戏谈、吟咏，舒展其"苟利国家生死以，岂因祸福避趋之"的忠怀。

"苟利"，如果有利。"岂因"，哪能因为。"避趋"，回避和趋向。上联说只要对国家有利，个人的生死自不计较。下联说，怎能因祸就回避，是福就趋向呢？联语直抒胸臆、悲壮感慨，将林则徐一颗赤忱的爱国之心和把个人的生死、祸福都置之度外的高尚情操表现得淋漓尽致。

林则徐赠陈用光

一等人忠臣孝子；
两件事耕田读书。

陈用光（1768 ~ 1835 年），字硕士，又字石士，江西（今黎川）人。清嘉庆进士，道光年间曾被钦命为"文魁"。历任福建学政、内阁学士、礼部侍郎、刑部侍郎，宣南诗社成员，著有《太乙舟文集》。陈用光系林则徐密友，他们常在一起互相唱和，交流诗作。

"诗书传家久，耕读继世长"，是传统文化的核心解读，是高尚的人格追求和高洁的生活情趣的客观写照。耕田可以事稼穑，丰五谷，养家糊口，以立性命。读书可以知诗书，达礼义，修身养性，以立高德。所以，"耕读传家"既学做人，又学谋生，本分做人，不废学业。耕读为生，朴素中不失风雅，沾染着书香，是过去不少乡人持家的愿望。联句的中心意思是要做一个对国家有用的人，做对家庭有责任的人。亦有人认为，此联是清乾隆年间大学士纪晓岚所作。

曾国藩赠欧阳兆熊七十岁寿

三千岁月春犹小；
六一风神古所稀。

欧阳兆熊，湘潭县锦石人，生卒年不详，清道光十七年中举人。家庭富庶，性情豪爽，仗义疏财，颇能周贫济儒。爱文学，工诗联，与曾国藩是同乡，交情颇深，关系亲密，时有诗词唱和，书信往来。

阴历十月素有"小阳春"之称，而欧阳兆熊生日恰在此时。《汉武故事》《神异经》《神农经》等书中记载，西王母的仙桃三千年长成，仙桃吃了能成仙，东方朔有三次偷盗记录等等。上联用"三千"称颂，表示"久远"、"长寿"等含意。"六一风神"是北宋欧阳修散文的美学风格，他并不刻意选择人物、场景以及按照某种寓意的逻辑来组织内容，只是自然地叙事、自然地抒怀，在看似散漫不经心的行文中，使读者慢慢地从寻常的叙事中体悟出难以言传的高远境界。下联明点"古稀"，说寿星有六一先生欧阳修那样的风神，暗中点出了同姓，不粘不着，确属高明。

曾国藩赠彭玉麟

冯唐易老，雍齿且侯，三字故将军，匹马短衣春射虎；
左抱宜人，右弄孺子，孤山林处士，芦帘纸阁夜谈龙。

曾国藩和彭玉麟均是晚清名臣，且共同战斗过，曾国藩很了解和推崇彭玉麟。

"冯唐易老"，冯唐是一位颇负盛名、德才兼备的人才，在汉文帝时官职卑微，不受重用。到景帝时，略有升迁，但不久被免官闲居。后来汉武帝寻求贤才，听到人们盛赞冯唐，就召见了他，但这时冯唐已九十余，年迈不能复为官。"雍齿且侯"，雍齿是刘邦的同乡好友，与刘邦从小一起长大，但此人后叛逃降敌，陷害刘邦。刘邦对此相当恼火。汉朝初立、赏封未定时，刘邦从张良之计，抢先封雍齿为什邡侯，展示出大度的胸襟，很快就安定了人心。"故将军"，汉李广屡建战功，却始终未得封侯，退居南山夜猎，小小的霸陵尉都欺负他。李广随从说："这是故李将军。"霸陵尉答："今将军尚不得夜行，何乃故也。"杜甫在《曲江三章》里也写道："故将移住南山边。短衣匹马随李广，看射猛虎终残年。""孤山林处士"，宋林处士（林逋）在西湖孤山隐居，养鹤种梅。彭玉麟晚年亦休憩西湖，有退省庵之所《谈龙录》，是古诗文评论著作。"谈龙"，意谓谈诗论文。全联意思是，彭将军功高业炳，辞官退隐，过着悠然、温馨、富有情趣的生活。该联用典浑然天成，形象地表现出受赠者大将的身份和儒雅的风度，隐含羡慕之意。

曾国藩自题

立千仞巅，慕鲁连子；

无片言妄，希司马公。

"鲁连子"，即鲁仲连，又名鲁仲连子，战国时齐国人，著名的平民思想家、辩论家和卓越的社会活动家。有关他的故事传说，脍炙人口，广为流传。最让人称道的是鲁仲连义不帝秦的故事。其智慧高洁、洒脱飘逸和侠肝义胆，赢得了后人的景仰，被后人尊称为"义圣"。"司马公"，即司马光，字君实，世称涑水先生，北宋人，是中国古代著名的政治家和史学家，死后被追封为温国公。司马光政治上保守，但襟怀坦白、居官清廉、恭谦正直、不喜华靡的品格也是世所公认。他曾说自己平生所作所为，无一事不能对人言，就连他的政敌王安石也很钦佩他的品德，愿意以他为邻。

曾氏此联表明鲁连子和司马公皆为自己羡慕和希望成为的对象。联意为要站得高，方能望得远，羡慕战国时期"义不帝秦"的英雄鲁仲连；不说大话假话，无欲则刚，希望自己能向司马光那样的人物看齐。

曾国藩题衙署

虽豪杰难免过差，愿诸君谠论忠言，常攻吾短；

凡堂属略同师弟，使僚友行修名立，方尽我心。

曾国藩精儒学，用儒学，也处处标榜儒学道统，还时常发出一些精辟的儒家言论。此联为他1866年调任两江总督时所题。

上联希望各位多讲真话，多进忠言，揭他的短处，因为即便是英雄豪杰也难免差错。下联则说，所有部属都与自己有如同师兄师弟般情谊，能使同僚们行善行、扬令名，才算尽了"我"这个为兄的心。一个封建士大夫，能有如此开诚坦荡的胸怀和接纳逆耳忠言的雅量，实为可贵！此联以议论入对，说理明晰、深刻，全面，且格律谨严，音韵铿锵。

曾国藩赠妓女春燕

未免有情，对酒绿灯红，一别竟伤春去了；
似曾相识，怅梁空泥落，何时重见燕归来。

据《晚晴楼联话》记载，太平军被清军打跑后，金陵光复，曾国藩终于可以喘口气歇歇了。夫子庙地区的秦淮河两岸又恢复了灯红酒绿、歌舞升平的景象。曾国藩邀钟山书院负责人李小湖微服同泛秦淮河，在青楼中见到了一位名叫春燕的名妓。她肤白温婉，儒雅脱俗，吐属尤佳，曾国藩十分喜欢。这次见面之后，工作十分繁忙的曾国藩还常常想起春燕，再去看她时，听说她已经被人花重金聘走，不禁让他十分惆怅，于是写下此联。

细看此联，你会发现，它是嵌名联，春燕两个字分嵌上下联中。从艺术上看，此联通俗如话，散文风格，惆怅惜别之意跃然纸上，余音绕梁。真是"此情可待成追忆，只是当时已惘然"！此联则打破了曾国藩给人留下的"正面"形象，流露出了他真性情的一面，反而让人觉得他更加可敬可爱。

俞樾贺潘筑岩新婚

门第旧金张，喜宰相文孙，刚配状元娇女；
倡随小梁孟，缔百年佳偶，恰当十月阳春。

俞樾（1821～1907年），字荫甫，晚清著名文学家、教育家。他是反对中医的第一人。一生孜孜不倦致力教育，辛勤笔耕，著有五百卷学术巨著《春在堂全集》。曾国藩受命督抚两江，驻节于虎踞龙盘的南京，俞樾与之交厚，常以儒生的面目、巾服游于曾国藩幕中，往来如处士。俞樾在给曾国藩的信中，将自己比作当年袁枚从游于君相幕府。潘筑岩，江苏吴县人，秀才，为乾隆时军机大臣潘世恩之孙，娶道光壬辰状元吴崧甫侍郎之女，吉期为十月上旬。

"门第"，此指一个家庭在社会上的地位等级和家庭成员的文化程度等。"金张"，功臣世族高门大系的代称。晋左思《咏史》诗："金张藉旧业，七叶珥汉貂。""宰相"，即指潘世恩。"文孙"，原指周文王之孙，后美称别人之孙为文孙。"倡随"，夫唱妇随的略语。"梁孟"，指梁鸿和孟光夫妇，是夫妇和美、夫唱妇随、相敬如宾的代表。"缔偶"，缔结良缘。"十月阳春"，十月称阳月，俗有"十月小阳春"之说。联语用典切合，既切时间，又切身份，祝贺之意尽含于清朗的语词之中。

翁同龢贺李鸿章寿辰

壮猷为国重；
元气得春先。

翁同龢（1830～1904年），江苏常熟人，咸丰六年（1856年）状元。中国近代史上著名政治家、书法艺术家，先后担任清同治、光绪两代帝师。李鸿章（1823～1901年），安徽合肥人，晚清名臣，洋务运动的主要领导人之一，官至直隶总督兼北洋通商大臣，授文华殿大学士，曾经代表清政府签订了《越南条约》《马关条约》等。世人多尊称李中堂，亦称李合肥，作为淮军、北洋水师的创始人和统帅，洋务运动的领袖，是晚清四大名臣之一。

"宰相合肥天下瘦；司农常熟世间荒。"据说，这副联是有人撰来讽刺清廷重臣翁同龢和李鸿章的。把翁、李并列，说明二人同处在位高权重的位置。李鸿章曾任两江总督，甲午后，极为清廷所倚重，以大学士兼直隶总督。在任时，值其七十寿辰，各方争送寿联。李亲自寓目后，吩咐差官，说"还须留一位置，尚有翁尚书一联未到"。光绪亲政之初，翁同龢身为皇帝之师，又兼状元老才子，李鸿章在人前人后都做出推崇的举动。上联"壮猷"语出《诗经》的《小雅·采芑》："方叔元老，克壮其猷。"因李鸿章生日为立春前二日，下联点明生日不同凡俗。全联厚重雄浑，健笔凌云，既得体又有很强的艺术性，不愧老才子之誉。

王闿运赠张之洞

壁立千仞，犹恐未免俗；
胸包九流，而后可谈经。

王闿运（1833～1916年），晚清经学家、文学家。字壬秋，号湘绮，世称湘绮先生。咸丰二年（1852年）举人，曾入幕府。1880年入川，主持成都尊经书院。后主讲于长沙思贤讲舍、衡州船山书院、南昌高等学堂。辛亥革命后任清史馆馆长。张之洞（1837～1909年），生于贵州，字孝达，号香涛，又是总督，故时人皆呼之为"张香帅"。张之洞十三岁中秀才，十六岁中顺天乡试第一名解元，二十七岁中进士第三名探花，多次署理两江总督，官至体仁阁大学士。

张之洞是师范学堂的创始人，中国高等师范学堂之鼻祖，中国幼儿园创始人，是洋务派的主要人物，中国重工业奠基人。张之洞在晚清位高权重，极有影响力。因此，王闿运此联说"壁立千仞"、"胸包九流"倒也不足为过。吴恭亨在《对联话》中评："此联非湘绮（王闿运）不能作，非孝达（张之洞）不能当。"

张之洞自题书室

未忘麈尾清谈兴；
常读蝇头细字书。

张之洞开始属于清流派人物，故有此联。清流派关心国是，对内针砭朝政，崇尚气节道义，憎恨贪官污吏；对外交涉主张强硬态度，反对妥协；文化上反对西方，独尊孔孟。但张之洞与其他清流人士有两点本质不同，一是不顽固保守，二是不尚空谈，有浓厚的务实精神。后来，张之洞逐渐从清流党脱离，成为清末洋务派首领之一。这是他为自己的书室题写的对联。

"麈尾"，清谈家的风流雅器。古代传说麈迁徙时，以前麈之尾为方向标志，故称。赵翼曾言，中古名士清谈，必用麈尾。后古人清谈时执麈尾，相沿成习，不谈时，亦常执在手。清谈时挥麈尾代表在清谈中居主导者的地位，是玄学名士追求风神的表现。"蝇头细字书"，用蝇头小楷细心写就的书。

张之洞题邹代钧母寿

儿似北朝郦善长；
寿齐南岳魏夫人。

邹代钧（1854～1908年），字沅帆，又字甄伯，湖南新化（今湖南隆回）人。中国清末地图学家，中国近代地图学的倡导者和奠基人之一，中外彩色地图铜版印刷的创始人，曾教过光绪、宣统两代皇帝。邹氏家族祖孙七代，一脉相承，持续两百余年，专力于舆地学研究，著述之丰、成果之巨，为古今所罕见。传至邹代钧这一代更是大放光彩，地理学取得很大成就。

"郦善长"，即郦道元，字善长，北魏地理学家，著有《水经注》，是六世纪前我国第一部全面、系统的综合性地理著述，对于研究我国古代历史和地理具有重要的参考价值。"南岳魏夫人"，是南岳最早的一个女道士，晋代司徒文康公魏舒之女。她博览群书，学问很好，擅长隶书。后正式出家，在南岳做道士。传说她活到八十三岁时，"服药称疾，闭目寝息，饮而不食，七日，托剑化形仙去"。张之洞此联，上联称颂儿子才干，把儿子比作地理巨擘郦道元。下联预祝邹母高寿，与得道成仙的魏夫人比肩。

马相伯赠于右任

古之遗直也；
中国有人焉。

马相伯（1840～1939年），江苏丹徒（今镇江）人，是中国近现代史上著名的教育家、宗教家、社会活动家。他曾经创办了中国近代两所著名的大学震旦学院和复旦学院，培养出诸多在中国近现代史上有卓越成就的学生。比较著名的有马君武、张轶欧、邵力子、于右任等人，其中于右任与马相伯关系最为密切，二人留下了民国时期最为可贵的一段师生佳话。

1939年，正值抗战处于相持状态，百岁马相伯虽病卧越南谅山，然而心系祖国与弟子们。对于社会各界对他的寿诞祝贺，马相伯认为前方将士浴血抗战劳苦，战区人民流离失所，决定将寿仪悉数移作救护伤兵和救济难民之需。他在给复旦大学同学会的信中有"国无宁日，民不聊生，老朽何为，流离异域。正愧无德无功，每嫌多寿多辱"之句。抱病躯，他还强作两副对联回赠他所寄望与所敬重的人。一是题赠给冯玉祥将军的，其联为：我战则克；汝唯不矜。另一就是给于右任回赠的这副对联了。上联出自《左传》所记载的孔子的话："叔向，古之遗直也。治国制刑，不隐于亲，三数叔鱼之恶，不为末减。"借以称赞于的政治品格有着传统的正直不阿的遗风。下联用"中国有人"表达出作者对于右任所寄予的厚望，勉怀之情感人至深。

谭嗣同题勉家人

为人竖起脊梁铁；
把卷撑开眼海银。

谭嗣同（1865～1898年），字复生，号壮飞，湖南浏阳人，中国近代著名政治家、思想家，维新运动中坚，"戊戌六君子"之一。其所著的《仁学》，是维新派的第一部哲学著作，也是中国近代思想史中的重要著作。杰出的维新志士谭嗣同，青少年时代漫游了祖国各地，迹及大江南北、黄河上下。因出生于封建官僚家庭，父亲官高爵显，一心希望儿子能光宗耀祖，通过特殊关系，为他捐了候补知府的官衔，后分发到南京等待委任。1896年8月8日，谭嗣同来到南京，开始了为时一年的候补知府生活，他在六朝古都留下了辉煌的足迹。代表作《仁学》即成书于南京，而南京近代第一个学会——金陵测量学会也得力于他的倡导和支持。

此联为谭离家宣传维新思想，赠予家人的临别之作。"脊梁铁"，形容脊梁骨如铁一样刚强坚硬。"把卷"，指读书。"眼海"，谓眼睛深邃明澈如海。"银"，喻眼光明亮，洞察精微。上联意为做人应有凛然正气和铮铮铁骨。下联意为读书要能明察事理，看清方向，有独到的见解。联语述怀明志，气魄雄伟，勉人励己，至为感人。联如其人，从中可以读出谭嗣同铮铮铁汉的硬骨头精神，更可以体会出当维新变法失败后，谭嗣同何以拒绝逃跑，甘愿为维新变法洒尽最后一滴血的做法。

孙中山赠勉

革命尚未成功；
同志仍须努力。

孙中山（1866～1925年），名文，字逸仙，广东香山（今中山）人，是中国近代民族民主主义革命的开拓者，中国民主革命伟大先行者，中华民国和中国国民党的缔造者，三民主义的倡导者。他首举彻底反封建的旗帜，"起共和而终两千年封建帝制"。南京是孙中山先生就任中华民国临时大总统的城市及其陵寝所在地。孙中山对江苏尤其是南京极富感情，在其未来中国的蓝图中，对南京的规划亦是不吝笔墨。他曾说："其地有高山，有深水，有平原，此三种天工，钟毓一处，在世界之大都市中诚难觅如此佳境也。"并预言："当夫长江流域东区富源得有正当开发之时，南京将来之发达，未可限量也。"

中山先生一生事业未竟，时时劳心。这副妇孺皆知的名联，其实是孙中山先生说过的一句话。中山先生逝世后，这句话被后人以对联的形式在重要场合广泛张贴、宣传，旨在号召人们继承孙中山的遗志，完成其未竟之事业，起到了教育鼓舞人的作用。

孙中山自题

愿乘风破万里浪；
甘面壁读十年书。

青少年时代的孙中山即怀有大志。"愿乘风"句，形容胸怀大志，出自《宋书·宗悫传》。宗悫少时即有大志，自述"愿乘长风破万里浪"。"面壁"，本为佛教用语，意即面对墙壁默望静修，此处指专心致志，静心读书思考。联语要言不烦，昭示青年时期孙中山愿意苦读求知，为资产阶级民主事业乘风破浪、奋斗不息，表达出以天下为己任的远大志向和豪情。联语律己励人，醒时警世，堪为座右铭。

孙中山赠宋庆龄

精诚无间同忧乐；
笃爱有缘共死生。

宋庆龄（1893～1981年），生于上海，在美国接受西式教育，1914年9月起正式担任孙中山秘书。此后，他们在患难中滋生爱情，不顾二十八岁的年龄差距，冲破重重阻力，于1915年10月结为伉俪。婚后，两人情深意笃，令人感动。1922年6月，陈炯明在广州叛乱，危难之际，宋庆龄把生的希望留给了孙中山："中国可以没有我，但不可以没有你！"1925年3月，孙中山弥留之际，十分牵挂宋庆龄的未来，他特别嘱咐儿子、女婿要"善待孙夫人"，直至听到何香凝保证尽力爱护宋庆龄之后才安心。此后，宋庆龄孀居终生。短短十年聚首，胜过人间无数。

此联约作于1922年，边款署"宋庆龄妻鉴"。"精诚"，即真诚。"无间"，没有间隙，很亲密。"同忧乐"，即共同有"先天下之忧而忧，后天下之乐而乐"的政治抱负。"笃爱"，忠实相爱，专一不变。联语用词精当，内涵真诚，志趣高雅。眷眷深情溢于言表，高尚情操凝于文字。

石云轩自题

待东边月；
傲南面王。

石云轩（1871～1947年），名凌汉，祖籍徽州婺源，其先人于清乾隆年间寄居金陵。石云轩晚年定居建邺区平章巷12号，后迁朝天宫西街。石云轩在南京不但以医术著称，而且文采风流，诗、词、歌、赋无不擅长，被称为"金陵儒医"。清光绪年间，外受列强侵略，内则民不聊生，他痛恨清朝政治腐败，无意功名进取，乃隐迹于医，用以济世，活人无数，声名称著于时。有病人前来就诊，不论如何繁忙，必先细心望、闻、问、切，然后处方。他长于骈文，所以处方脉案也文辞典雅，抑扬顿挫，读来令人玩味。云轩先生对一些小病患者，仅处一方，以免病家多耗金钱，其方往往见效，故又有"石一帖"之美誉。对贫困者，他不仅免收诊费，而且在处方上注明去某药店取药，将药费记账，由云轩结算等语。对行走不便的患者，还赠以车马费。医德之高，医术之精，传为佳话。

抗战前，石云轩在故居大门上自书"待东边月；傲南面王"一联，屏门旁还贴一信笺，上书"本人已赴北平"，目的是为了回避大官僚的来访，清高之气节卓然可见。"南面王"，古代以坐北朝南为尊位。帝王、诸侯见群臣，皆面南而坐，故用以指居帝王、诸侯之位，此处泛指高官。

黄兴赠汤增璧

立节可为千载道；
成文自足一家言。

黄兴（1874～1916年），湖南长沙人，辛亥革命时期的先驱和领袖，中华民国的创建者之一，与孙中山常被时人以"孙黄"并称。汤增璧（1882～1948年），字公介，号撲郑，江西萍乡人。早年考入江苏南京著名的两江优级师范学堂（中央大学前身，今南京大学），为著名教育家李瑞清高足。汤增璧得李瑞清指点，日新月异，文笔雄健，一时广为传颂。后留学日本早稻田大学深造，加入中国同盟会。黄兴于南京出任陆军总长时，汤增璧出任总长秘书。汤增璧坚持宣传革命理论，文笔纵横恣肆，极具鼓动性。有评价说："汤增璧一支笔，胜过十万支毛瑟枪。"黄兴对汤增璧横溢的才华赞不绝口，为汤增璧撰联两副。其一是"秋水为神玉为骨；词源如海笔如椽"，另一就是此副了。

"立节"，树立名节。"自足"，自然能够。"一家言"，指有独到的见解，自成体系的论著。上联赞其品格；下联誉其才华。联语简明洗练，情理相融，立意鲜明。汤增璧将黄兴撰联视为珍宝，妥为收藏。一次失足落水，行李皆付诸东流，只保全了他这两件墨宝。后来，胡汉民还专门在这副联上端题跋曰："克强（黄兴）先生书，力效眉山……此联乃民国五年由美归国，未几为公介同志书者。公介曾坠水，行李尽失，此联独无恙，故尤宝之。"

黄兴赠张孝准

唯有真才能血性；
须从本色见英雄。

张孝准（1881～1925年），湖南长沙人，同盟会会员。早年留学日本，入陆军士官学校工兵班，学习刻苦，成绩优秀，毕业成绩与蒋方震、蔡锷同列前三名，后在东京加入同盟会。曾赴德国柏林大学留学四年，精通日语、德语、英语，在当时留学生中颇不多见。1912年4月南京临时政府撤销，黄兴留守南京，张孝准为军务厅厅长。留守府处于困境时，他协助黄兴、李书城等保存了一定的革命实力，后随黄兴参加讨袁（世凯）战争。

黄兴对张孝准一直比较看重，信任有加，遂作此联。"血性"，指刚强正直的性格。"本色"，本来的颜色。古语云，唯大英雄真本色。意思是说，真的英雄保持着原本面目，从其本来面目才能看到英雄的品格。联语内涵丰富，清雅可诵，作为格言堪能励志。

黄兴撰贺武昌起义周年纪念会

百折不回,十七次铁血精神,始有去年今日;
一笔勾尽,四千年帝王历史,才成民主共和。

　　黄兴是孙中山战友,民国成立时任陆军大元帅,为建立中华民国立
下汗马功劳。此联当作于 1912 年。

　　"百折不回",指屡受挫折也不后退。"铁血",像钢铁一样的意志,
不惜流血牺牲,勇敢地战斗。"一笔勾尽",比喻一下子把事情、问题
完全解决,此指辛亥革命推翻了帝制。联意为起义军将士有百折不回的
精神,经过十七次战役的浴血奋战,才有民国的建立。中华民国的成立
一笔勾销了数千年的封建帝王统治,造就了民主共和的新中国。联语以
史笔纪事,概括说明武昌起义胜利的历史功绩,论评公允,表达了胜利
的喜悦。

于右任自题

修竹气同贤者静;
春山情若故人长。

　　于右任历任国民党政府审计院院长、监察院院长、最高国防委员会
委员等要职。他在国民党内部享有很高的威望,这同他的学问、人品是
分不开的。从这副自题联,也可见一斑。

　　竹直而多节,历代文人雅士常钟情于它,许多赞美之词,像"枝枝
傲雪、节节干霄、豪气凌云、不为俗屈"等都给了竹。上联以一个"静"
字概括出修竹与贤者的相同气质,真是绝妙,让人联想到"淡泊以明志,
宁静而致远"的哲人风范。作者旨在以竹喻人,以节警世。修竹节高而

气静，不正是自己的追求吗？下联以连绵的春山喻友谊之长青，亦较新鲜。全联表现了作者洒脱的气度和高洁的情怀。

胡汉民书怀

要将文字无穷恨；
换取人间彻底痴。

胡汉民（1879～1935年），原名衍鸿，字展堂，广东番禺（今广州）人，清末举人，曾留学日本。辛亥革命后任广东都督。孙中山出师北伐，代行大元帅职务，后任南京国民政府主席，为中国国民党元老和早期主要领导人之一，也是国民党前期右派代表人物之一。胡汉民在国民党内的资历较深。孙中山逝世后，受蒋介石影响，亦曾数次受到蒋介石的拘禁。蒋胡关系的分合亲疏，均对当时中国政局的变化产生过重大影响。

有学者评论，胡汉民本质上仍是一个书生。胡汉民在生前自评里亦写道："抱道独能坚，险阻半生完大命；救亡空有愿，归来万里负初心。"他的书生气质在此联中也表露出一二。此联为流水对，表承接关系。联意平白如话，有忧虑，有愤懑。作者借这副联语舒展胸中的块垒，婉曲可讽。

黄禄祥题斋堂

事在人为，休言万般皆是命；
境由心造，退后一步自然宽。

黄禄祥（1879～1946年），字齐生，号青石，晚号石公。祖籍江西抚州，生于贵州安顺。近代著名教育家、知名社会活动家和重要民主人士。武昌起义后，参加贵州光复，后在贵州参与护国反袁运动。1929年与陶行知创办南京晓庄师范，参与乡村教育运动，黄禄祥亲为师生讲授文史课程。1946年4月8日与叶挺、王若飞同赴延安，因飞机失事而遇难。

此联当可看作修身自勉和勉人之格言联。联语融格言、俗语共同成篇，平白如话，思想内涵丰富。上联宣传积极进取的思想，下联表达一种豁达的状态，富含哲理，对立身处世有积极的启迪作用。

周恩来自勉联

与有肝胆人共事；
从无字句处读书。

周恩来（1898～1976年），字翔宇，生于江苏淮安，中国无产阶级革命家、政治家、军事家、外交家，中国共产党的主要领导人。周恩来一生中到过南京六次。特别是1946年国共两党两种命运决战中，在南京战斗和生活六个半月，梅园新村里大智大勇的表现，影响深远，是周恩来光辉业绩中浓墨重彩的一笔。青少年时代的周恩来已经显示出非凡的识见和志向。此联是中学读书时代的周恩来为自己撰的一副自勉联，在南京工作时贴于自己的门上。在梅园工作和战斗的同事们看到，也深受启发。此联阐明交友要有选择，要交肝胆相照的人。因为"有肝胆的人"胸襟博大，相处日久，潜移默化受益良多。读书既要读有字书，更要读无字的书，社会就是一本大书，实践出真知。此联语言精练，对仗工整，把如何交友，怎样读书，说得既明朗又透彻，很富哲理性。

名胜联

名胜联是按对联所题的内容和对象等的不同划分的一大类，是指为某一名胜古迹撰写、镌刻的楹联，多用于亭台楼榭、名山大川等古迹处。就创作手法而言，名胜联可分为写景、咏史、叙事、抒情、议论等。南京历史悠久，地域辽阔，名胜古迹众多。古今名人置身于其中，往往触景生情，欣然命笔，以抒发兴致和情怀。他们留下的这些楹联佳作，不但为山水增色，又陶冶了游人的情操，所以为人所称道、传诵。这类对联，作为风景名胜区最直观的文化现象，往往成为名胜景观甚至历史文化的重要组成部分。

朱元璋题胜棋楼

世事如棋，一着争来千古业；

柔情似水，几时流尽六朝春。

胜棋楼坐落在南京莫愁湖畔，始建于明洪武初年，相传这里是明太祖朱元璋与大将徐达弈棋的地方。楼内现陈列朱元璋与徐达对弈的棋桌。登上此楼可远眺钟山龙蟠，石城虎踞，俯瞰湖景全貌，波光云影，尽收眼底，令人心旷神怡。

大明开国皇帝朱元璋虽出身贫家，戎马倥偬之余，亦雅好诗文，尤大力提倡对联。据清人陈云瞻《簪云楼杂说》所记，朱元璋定都金陵之后，"时于除夕忽传旨，公卿士庶家门上须加春联一副"。一道圣旨，把春联推向新的高潮。朱元璋这位"对联天子"不但要别人写春联，还动手亲撰联语。由于朱元璋对对联的偏爱，民间也出现一些署朱元璋大名的对联。据传此联出自其手笔，气势开阖纵横，铁骨柔情尽显，确有几分帝王气象。

雪岩题莫愁湖胜棋楼

湖本无愁，笑南朝迭起群雄，不及佳人独步；

棋何能胜，因北道误投一子，致教此局全输。

莫愁湖因有莫愁女的美丽传说而得名。胜棋楼位于莫愁湖内，可以说是一个英雄之地。故关于莫愁湖的很多对联都对英雄和佳人情有独钟。此联是一位叫雪岩的道人所写，生卒年不详。

"迭起群雄"，东晋以后的南北朝时期，群雄纷争，朝代更迭频仍，一百三十余年中，共有十个朝代变换。此联亦从佳人论起，但下联跳出了普通论英雄的窠臼。明朝建立后，太祖朱元璋为了巩固朱氏王朝，把二十几个儿子封为亲王，领兵镇守全国要害之地，以"屏藩帝室，慎守边防"。他将皇位传给了皇孙朱允炆，建文帝朱允炆即位后，守藩北京的燕王朱棣，很快借口"靖难"起兵，抢夺了政权，破坏了皇家的道统。这也就是此联作者所说的"北道误投一子，致教此局全输"。此处指朱元璋分封其第四子朱棣为燕王，就藩北京，为错误之举。此联说湖，说莫愁，说胜棋楼，说历史，总结教训，读起来别有深意。

李渔题贡院大门

圣朝吁俊首斯邦，看志士弹冠而起；
天府策名由此地，喜英才发轫而来。

江南贡院历史陈列馆位于全国旅游胜地四十佳的南京夫子庙秦淮风光带东侧，始建于南宋孝宗乾道四年（1168 年），起初为县学、府学考试场所。公元 1368 年，明太祖朱元璋定都南京，这里是乡试、会试场所。公元 1421 年，明成祖朱棣迁都北京，这里留作乡试考场，到清光绪年间，号舍扩建达两万零六百四十四间，是中国也是世界最大考场。民国初期，"拆贡院、辟市场"，除保留明远楼之外，此处成为商肆闹市。1989 年，在原址之上建立了江南贡院历史陈列馆。

"圣朝"，对本朝的誉称。"吁俊"，求贤，语出《尚书》。"首斯邦"，指朝廷第一个看重江南一带。"策名"，出仕。"发轫"，启程，比喻事业开始。此联的意思是，本朝招延俊士，第一个看重的就是这里，总看见决心为国效力的志士踊跃来应试；到朝廷去做官，必须经由贡院考试成功，为英才们一生的事业在这里启程而高兴。联语庄重，饱含勉励期许之意。

李渔题明远楼

矩令若霜严，看多士俯伏低徊，群嚣尽息；
襟期同月朗，喜此地江山人物，一览无遗。

　　明远楼是江南贡院主要建筑之一，共三层，四面设窗矩，科考期间，执事官员驻此处居高临下，既可统筹发令调度又可监视整个考棚。中国的科举制度历时 1300 多年，它对中国乃至西方国家选拔人才影响十分深远。科举制度需要充分体现公平、公正、公开的原则，所以朝廷对科考舞弊制裁非常严厉。在江南贡院主考的官员不但要清廉自律，还要加强管理监督，杜绝抄袭、夹带等弊案的发生，明远楼真是一个监考的理想场所。

　　上联写考规极严、考试认真之状。"矩令"，指贡院内各种考试场规。"霜严"，指严格，冷峻如霜。"多士"，指众多会考的士子。"俯伏低徊，群嚣尽息"，描写众士子进场后在号舍伏案答卷，俯首援笔，凝神屏息，专心作文，再不闻喧嚣声息了。下联指考官胸怀磊落，希望选得良才。"襟期"，指抱负和志向。秋闱，即乡试，在中秋前后举行。"月朗"，既点明开考时间，又形容考官胸怀开朗，不徇私舞弊。"江山人物"，指支撑社稷江山的栋梁之材。"一览无遗"，指网罗人才，抒发希望，祝愿考生们喜登龙门，成为治理国家的"江山人物"。此联既写科举考试之严酷，也抒发了笠翁本人的愿望：通过考试选拔出栋梁之材。一"看"一"喜"，紧扣了夫子庙明远楼这一主题。

李渔题龙门联

十载辛勤，变化鱼龙地；
一生期许，飞翔鸾凤天。

万般皆下品，唯有读书高。在江南贡院，许多寒窗苦读学子，指望科举考试一举成名。唐朝诗人孟郊四十六岁中了进士，喜不自胜，写了《登科后》一诗："昔日龌龊不足夸，今朝放荡思无涯。春风得意马蹄疾，一日看尽长安花。"这首诗可以看作是这副对联的注解。然而，从秀才，到举人，再到进士，能走到头的只是其中很少的一部分人，考中进士，"鱼跃龙门"谈何容易！然而，正是这个梦想，吸引着成千上万人，挤在这座科举的独木桥上。"十年寒窗无人问，一朝成名天下知。"当他们跨进这座贡院大门的时候，已经踏入了鱼龙之地，是鱼还是龙，就要看平时的功底和考试发挥得怎么样了，他们中每个人都期望这一考便能飞翔在进入仕途的天空上。

李渔题别墅芥子园

孙楚楼边觞月地；
孝侯台畔读书人。

李渔对造园艺术亦有极高的造诣。顺治十四年（1650年）至康熙十六年（1677年），他主要生活、著述在金陵。初到南京，他暂居秦淮河畔的金陵闸，住所非常简陋。后经数年的努力，李渔终于在康熙八年（1669年）完成了他的杰作——蜚声古今中外的芥子园。该园坐落在古城金陵城南一座虎头形的小丘上，俗名老虎头，距秦淮河一箭之地，在文化遗址周处读书台附近，是文人隐居读书的理想场所。

"孙楚楼"，相传是晋时太守孙楚来到这里诗兴大发，狂饮高歌，店主就把酒楼更名为孙楚楼。唐时，诗人李白常与文人酒友在此酒楼饮酒赏月赋诗。到了明清，乾隆《金陵四十八景》中第十三景即"楼怀孙楚"，可见该酒楼在当时影响之大。"孝侯台"，即晋朝周处的读书台。"觞"，欢饮，进酒。联中点出了别墅的地理环境，幽雅、风雅，既可以饮酒赏月，又可以读书明理。"读书"，既是指周处读书台，也暗指自己的志趣，隐含了李渔的几分清高和自负。

李渔题芥子园景

雨观瀑布晴观月；
朝听鸣禽夜听歌。

　　李渔一生，构筑了众多的园林，以其寓居金陵时造的芥子园最能代表他的造园才能和思想，在我国园林史上占有重要的地位。"雨观瀑布晴观月"，此联开笔点明了芥子园时时处处都有绝美的景色。芥子园依山傍水，房在山中，石在房下，一泓秋水环山而过，集山水、屋室、林木花草于一园。既有集轩榭台阁之美的浮白轩、来山阁、月榭、歌台等，又有"丹崖碧水，茂林修竹，鸣禽响瀑，茅屋板桥，凡山居所有之物，无一不备"。李渔常常陪家人、友人在园中赏景，朋友还为他塑造了一尊执竿垂钓的坐像，让他永久地看到园中美景。"朝听鸣禽夜听歌"，早上能听到林中禽鸟啼鸣，晚上欣赏昆曲名家的演技和歌声，无穷韵味尽在其中。联句词句绝佳，文采斐然，生动形象地描绘出园景之美，写景写实，抒情达意，实在是美不胜收。

李渔题芥子园书店

二柳当门，家计逊陶潜之半；
双桃钥户，人谋虑方朔之三。

　　李渔以善写戏剧、小说闻名于世，尤其是他印制的小说书籍非常畅销，不曾想在三百多年前，就出现了严重的盗版现象，致使他的印刷业遭到经济损失。他在自己的书店开业时，题写了此联。

李渔在联旁自注曰："门外二柳，门内二桃，桃熟时人多窃取，故书此以谑文人。"东晋陶潜宅边有五棵柳树，自号"五柳先生"。上联说，我今只有二柳，尚不及陶潜之半。下联"方朔"，指西汉文学家东方朔，性诙谐滑稽。《汉武故事》载："短人指（东方）朔语上曰：'西王母种桃三千岁为子，此儿已三过偷之矣。'"作者以玩笑语称那些过往密切、顺手摘桃者为"东方朔"。他在上联中以陶潜自况，说明自己志在隐逸，而以下联来打趣那些不告而取、顺手牵羊的顾客。寓庄于谐，可见作者志趣个性特点。

戈铭献题清凉山扫叶楼

作叶与叶想，作非叶想，作非叶即叶想，庶几乎扫叶；

有凉之凉时，有不凉时，有不凉之凉时，是故曰清凉。

戈铭献，东台人。生卒年具体不详。扫叶楼位于南京市西清凉山上，为明末清初著名画家和诗人龚贤居住遗址。龚贤（1618 ~ 1689 年），一号半千，晚号柴丈人，"金陵八家"之首，是一个重气节的明朝遗老。晚年居南京清凉山，吟诗作画，种竹栽花。他还画了一幅图画，画中一老僧，在西风萧瑟之下，扫着飘落的残叶，隐喻国破家亡。整幅画表现出"黄叶中原走，残局谁收拾"的怀念故国的情感，扫叶楼也因画而得名。

吴恭亨《对联话》中记载此联。此联大意为：作扫叶图时就要想着叶，不作扫叶图时也要想着扫叶，这样才能明了"扫叶"的意蕴；有清凉时享受清凉，在不清凉时要想着清凉，这样才能进入"清凉"之境。全联"叶"和"凉"多次重复，在楹联创作中属"有规则重字"，有无穷意趣以及无尽哲思，在哲思中又暗含着忧国忧民的激情和意在"扫叶"的远大抱负。上下联结尾紧扣楼名与山名，亦显自然而有韵味。

乾隆题栖霞山行宫

松间觅云径；
石罅眇壶天。

南京栖霞寺始建于南齐年间，历史上几易其名。清乾隆皇帝五次南巡，行宫俱设于栖霞，益增殊胜。栖霞寺前有波平如镜的明镜湖和形如弯月的白莲池，四周是葱郁的树木花草，远处是蜿蜒起伏的山峰，空气清新，景色幽静秀丽。乾隆一生好大喜功，最喜四处题咏，存诗竟有四万多首，可谓创高产纪录，可惜传世佳作不多。不过，此联倒是景物生动、含意隽永，天上人间不落俗套。"罅"，裂缝。"壶天"，传说仙人施存有一壶，中有天地日月，曰"壶天"，后即以"壶天"谓仙境、胜境。

秦大士题瞻园东山楼

辛勤有此庐，抽身归矣，喜鸟啼花笑，三径常开，好领取竹簟清风，茅檐暖日；
萧闲无个事，闭户恬然，对茶热香温，一编独抱，最难忘别来旧雨，经过名山。

秦大士（1714～1777年），字鲁一，号涧泉，世居金陵，是秦桧的后代，清乾隆十七年（1175年）状元。秦大士请假南归，卜居于此，并题此联。此瞻园非彼瞻园，此瞻园位于长乐路秦状元府。相传为前明何尚书汝宠的故宅，园内有东山楼。

"三径"，指家园。西汉末，王莽专权，兖州刺史蒋诩告病辞官，隐居乡里，于院中辟三径。晋陶渊明《归去来兮辞》中有"三径就荒，松菊犹存"之句。"簟"，竹席。"一编"，一部书。"别来旧雨"，分别以后的老友，故人。"名山"，大山。联语措辞含蕴，寓辞官归隐田园，追寻淡泊之意，潇洒脱俗。上联说为官一场，辛辛苦苦挣下了这座园子如此足矣，可以抽身而退了。希望以后可以在这幽雅的园子里享清风阴凉，茅檐下看看夕阳。下联希望能享受闲暇时光，不希望门庭若市，如果能关起门来，热茶一杯，好香一炉，以读书、著述自娱，那将是无比恬然！此联中，秦大士厌倦仕途，希望归隐之心溢于言表。

袁枚题随园小仓山房之一

门无凤字；
座有鸡谈。

此为袁枚自题书房联。上联"门无凤字"意思是袁枚自诩随园没有庸俗之人。其典出自《世说新语》，说嵇康的好友吕安来探望他，正好嵇康不在，其兄出门邀请他进门，并要招待他，吕竟不入，题门上作凤（繁体字门里面一个鸟）字而去。"凤字"，意即嵇康兄人品不如其弟，是个"凡鸟"。下联"座有鸡谈"，亦是自诩，自说随园雅集颇多文化清谈。其典出自《幽明录》，说晋时兖州刺史宋处宗，曾买一长鸣鸡，"爱养甚至，鸡遂作人语，与处宗谈论，极有言智"，后人遂以"鸡谈、鸡语"为清谈。

袁枚题随园小仓山房之二

柴米油盐酱醋茶，除却神仙少不得；
孝悌忠信礼义廉，没有铜钱可做来。

著名的清诗研究专家严迪昌先生在《清诗史》中提出"袁枚现象"一词，认为袁枚是一个真正意义上的专业诗人，在整个清代所有大家、名家诗人中找不出第二个。关于袁枚的个性，严迪昌先生《清诗史》中概括为"不耐"。他不耐学书，不耐作词，不耐学满语，不耐仕宦，乞养（古时指辞职归家赡养老人）时年仅三十三岁。袁枚欲做专业的诗人，理想近于明诗第一大家高启。做专业诗人是一种很高的人生理想，蕴含着不同流俗的价值追求。求仁得仁，袁枚成为清诗史上独具个性的一代大家。

这副联可以看作是袁枚的述志之作。开门七件事，柴米油盐酱醋茶。除非是神仙，可以做到不食人间烟火，其他如我辈凡人，是必不可少的。孝悌忠信礼义廉，也是儒家所倡导的立身之本，无须花钱。但遵守与否，却全靠自身了。联语平易朴实，但其中却深含至理。

袁枚集唐诗题小仓山房

放鹤去寻三岛客；
任人来看四时花。

随园在南京清凉山东小仓山下，原是曹雪芹家的园林，曹家被抄后，为隋赫德所有，称隋园。后隋犯事被抄家，此园遂荒，袁枚任江宁知县时购为己有，因山筑基，引流为沼，就势取景，故更名随园。袁枚才识广博，有文人自视清高的姿态，然并不拘泥呆板，有着诗人特有的放浪性格。据《随园诗话》载，袁枚广交天下文朋诗友，随园不设樊篱，园中的亭台花木、四时美景，游客可随时入内。骚人墨客，窈窕淑女，云集于此，放酒豪歌，及时享乐。

上联描写袁枚羡慕宋代诗人林和靖的隐居生活而欲仿效。"放鹤"，传说林和靖隐居西湖孤山，以梅为妻，以鹤为子，每外出，有客来访，鹤即飞来通报。"三岛客"，传说东海仙人居住在蓬莱、方丈、瀛洲三岛。下联写袁枚欢迎宾客参观自己的花园。"去寻三岛客"与"来看四时花"，正反相对，显得工巧自然，活泼纯熟。此联清空潇洒，且有"独乐乐不若与众乐"之旨，当然也看出袁枚对自家花园的美景是颇为自负的。

袁枚题徐园联

胜地怕重往，记当年丝竹宴诸生，回头是梦；

名园须得主，幸此日楼台逢哲匠，著手成春。

　　袁枚为官勤政颇有名声，奈仕途不顺，亦无意于吏禄，志作专业诗人。明清时，儒生经考试取入府、州、县学为生员，谓之"入庠"。袁枚任江宁令时，曾在徐园宴请新入庠的诸生。据《随园诗话》载："徐园高会时，余首唱一绝，诸生和者十九人。龚孙枝绘图以记其胜。"袁枚挂冠后，园荒废塌圮。直至四十年后，新主人邢秀才将其重修后，袁枚应邀重游此园，感而题此一联。"哲匠"，指明智富有才艺的人。此指园主邢秀才。"著手成春"，本以形容诗文的风格，应清新自然，这里指重修后的园林之胜。此联意思是，非常害怕重新来到徐园，记得当年唱和丝竹，宴请入庠的诸生情景，回头一想仿佛是一场梦；名园一定得有新的主人，今天在主人的楼台上幸逢各位文学思想巨匠，他们像春天一样欣欣向荣。联语发乎心而见其情，虽名园易主，旧地重经，伤感中亦见欣然之意，袁枚作为诗人之独特气质跃然纸上。

袁枚题随园之一

不作公卿，非缘福命却缘懒；

难成仙佛，为爱文章又恋花。

　　袁枚在中进士后，做了几任县官，感到"一官奔走空皮骨，万事艰难阅岁华"。后来引病退职，长期闲居随园，过着"花竹千行环子舍，日补人间未读书"的生活。直到七十岁还游览了皖、赣、粤、桂、湘等名山胜水。在随园，袁枚设帐收徒，广收女弟子。袁枚曾刻印一方，书"钱塘苏小是乡亲"，把玩之际，被某道学公看见，遭极力呵责。袁枚起先唯唯诺诺，后袁枚忍不住了，见其斥责愈甚，便大声说："百年之后，后世人仍知道苏小，谁又会知道你呢？"从这两件事可以看出袁枚洒脱不羁的性格。这副对联也恰是其性格的写照。

上联表面说，做不了公卿大官，并非福气不好，而是由于生性懒散。其实，袁是"此生端不羡封侯"，可见其懒是无意在官场中钻营，正是他特立独行、不阿权势的人格。下联"难成仙佛"是他对仙佛的否定，袁枚一向"不览佛书，不求仙方"，"为爱文章又恋花"是他的情趣与追求。联语直陈自己生活放浪不羁，不能修身养性，难成仕途"正果"。用语幽默诙谐，含意曲折，是作者提倡"性灵说"的生动体现。

袁枚题随园之二

此地有崇山峻岭，茂林修竹；
是能读三坟五典，八索九丘。

据说随园装修完毕后，袁枚喜迁新居，高兴之余，乘兴给随园撰题了此联。此联意在夸耀他的别墅环境宁静幽雅，可以毫无干扰地研读一切名著典籍。为了使下联用词古朴深新，他不谈可以读"四书"、"五经"之类，而夸张地用了我国最早的古籍"三坟五典、八索九丘"名称。其实，"坟典索丘"等书早已失传，只存在于传说中，实际上无人看过。据说，有一位老农，故意寻他开心，煞有介事地向他借阅这四部书。袁枚哪有此书？羞愧之余，赧然把这副对联收起，不再示人。

李尧栋题莫愁湖

一片湖光比西子；
千秋乐府唱南朝。

李尧栋（1753～1821年），字东采，一字松云，清浙江上虞人，乾隆进士。在金陵任职期间，曾重新疏浚莫愁湖。所以，李尧栋对莫愁湖怀有不一般的感情。莫愁湖位于南京市建邺区，是一座有着一千五百年悠久历史和丰富人文资源的江南古典名园。莫愁湖在六朝时称横塘，明朝定都南京后更盛极一时，有"江南第一名湖"、"金陵第一名胜"等美誉。园内楼、轩、亭、榭错落有致，堤岸垂柳，海棠相间，湖水荡漾，碧波照人，山石松竹、花木绿荫之中，风光宜人，袁枚有诗赞曰："欲将西子莫愁比，难向烟波判是非。但觉西湖输一着，江帆云外拍天飞。"

"西子"，西施。苏轼有"欲把西湖比西子"诗句，故杭州西湖一称西子湖。"千秋乐府"，指《乐府诗集》的《莫愁乐》诗，说在石城西有一个女子名叫莫愁，善歌谣。联语双关妙用，清新自然。上联写景，将莫愁湖比作西子湖；下联抒情，暗合莫愁湖名的由来。同是美女名，同是湖名，同是一种美的感受，由此生发一番感慨和议论，蕴含着醇厚历史的沉淀。

汪廷珍题江南贡院至公堂

三年灯火，原期此日飞腾，倘存片念偏私，有如江水；
五度秋风，曾记昔时辛苦，仍是一囊琴剑，重到钟山。

汪廷珍（1757～1827年），字玉粲，号瑟庵，江苏淮安人，乾隆进士，嘉庆皇帝老师，上书房总师，官至协办大学士、礼部尚书，著有《实事求是斋诗文集》。

"至公堂"，为乡试时主考官和监察试场的官员聚会、办公之地。堂前有古柏两株，历时数百年，盘根错节，高枝远扬。汪廷珍在江苏学政任上，照例至金陵试院主持考录事，撰此联。"灯火"，指代读书、学习。"飞腾"，比喻仕途的升迁。"片念"，半点动念。"偏私"，指偏袒和徇私。"囊"，布袋。"琴剑"，琴和剑，琴为心，剑为胆，

古代文士常用作随身之物。"钟山",即紫金山,此代南京。此联立意
婉曲,尽道读书苦、应试艰,宦途升迁之辛酸。联语措辞委婉,寓意于
感慨之中。

孙原湘题小仓山房

黄初词赋空千古;
白下江山送六朝。

孙原湘(1760～1829年),字子潇,号心青,江苏昭文(今常熟)
人,嘉庆进士。

"黄初",三国魏曹丕(文帝)年号(220～226年)。此指以曹丕
为代表的词赋对后代文风的影响。"词赋",讲求声调,以抒情为主,
注重排比铺陈。其后以行文骈散之影响分为骈赋、文赋。"白下",南
京古曾称"白下"。上联由文学史角度,明赞黄初时期的文学成就,反
衬袁枚的学术建树。下联以古都南京送走六朝,生发慨叹,抒沧桑兴替
之感。联语意蕴词工,"黄初"对"白下"尤为精巧,且切地、切书房、
切人事,构思不凡。

范仕义题莫愁湖胜棋楼

烟雨湖山六代梦;
英雄儿女一枰棋。

范仕义(约1785～约1855年),字质为,号廉泉,保山人。嘉庆
甲戌进士,曾任江宁知县,有《廉泉诗钞》。六代,即六朝,是指东吴、

东晋、宋、齐、梁、陈，都以南京为都。六朝佳丽地，金陵帝王州。烟雨朦胧中看南京，一座承载着六朝兴衰的古都，总引人如梦如幻地遐想。作者登楼眺望烟雨中的湖山，不禁联想起六朝的兴亡更替如同一梦，而在这历史的长河中表现出许多威武雄壮事业的英雄儿女，犹如一盘精彩纷呈的棋局。此联字数不多，但意境深远，不愧是千古名联。

魁玉题莫愁湖郁金堂

山色湖光，都为一览；
英雄儿女，并艳千秋。

魁玉（1803～1882年），字时若，富察氏，满洲镶红旗人，同治四年（1864年）授江宁将军。清末四大奇案中的张文祥刺马案，就是魁玉在1870年代署两江总督兼通商大臣时处理的。魁玉是位将军，但善诗文，在南京也留有不少题咏。郁金堂始建于南朝梁武帝时期，屡毁屡筑，相传南齐时卢家女莫愁居此。现位于胜棋楼西侧，"郁金堂"三字为刘海粟所题，赏荷亭中是荷花池，有一座两米多高的汉白玉莫愁女塑像。

此联的大意是：极目望去，美丽的山色湖光尽收眼底；细细思量，不仅是英雄，此地的儿女也因这些美丽的传说，和英雄一样，也都在千秋历史中留下浓墨重彩的一笔。此联由历史流传的角度切入，没有单纯地停留在悼古怀今的层面上，因而显得更加厚重。

莫友芝题胡家花园无隐精舍

入座有情千古月；
当窗无恙六朝山。

　　莫友芝（1811～1871年），贵州人。家贫嗜古，喜聚珍本书。道光举人，曾为曾国藩幕僚。晚清金石学家、目录版本学家、书法家，宋诗派重要成员。"无隐精舍"在南京城西的胡家花园（愚园），胡恩燮（字煦斋）奉母居此。

　　联语立意新，出语奇，别有特色。上联用拟人手法，邀月入座谈心，大有"举杯邀明月，对影成三人"的意境。诗文中用"六朝"入典的很多，下联以"当窗无恙"四字则将无情化为有情，含义更加深刻，出语更显奇妙。

曾国藩题燕子矶观音阁联

长笛不吹山月落；
高楼遥吸海云来。

　　观音阁位于长江边的燕子矶，临长江浩浩汤汤，悬崖峭壁，地势险要。

　　联中动词运用气势非凡、生动形象。一个"吸"将观音阁地势之险要、楼阁之高峻活脱脱画出。此联大意为：不用吹长笛，山中的月亮就落下去了，观音阁高高地悬居在峭壁之上，把遥远处大海上的云吸卷过来。本联诗情画意，兴味悠然，兼又气度豪放，读来使人耳目清新、心绪开阔，当属大手笔之作。

洪秀全题天王府金龙殿

虎贲三千，直扫幽燕之地；
龙飞九五，重开尧舜之天。

　　洪秀全（1814～1864年），太平天国天王，喜爱楹联。建都南京后，天王四处题写，将书写楹联的"红色旋风"刮遍府邸衙署。这些联读来铿锵悦耳，通俗易懂，带有农民起义军的特色，在清末的南京，形成楹联文化一道风景线。天王府，位于南京长江路 292 号，原为清代两江总督衙门，1853 年太平天国建都于此。辛亥革命孙中山就任临时大总统亦在此，后为中华民国总统府。

"虎贲"，像虎一样勇猛有力的勇士。"幽燕之地"，指河北，古时为幽州及燕国，此指盘踞在北方的清政府。"龙飞九五"，洪秀全把自己比作龙，九五指帝王的尊位。本联气势雄浑，词句豪迈，盛赞太平军所到之处所向披靡、势如破竹，渴望建立一个崭新的"人间天国"，即"尧舜之天"。

彭玉麟题莫愁湖湖心亭

胜地足流传，直博得一代芳名，千秋艳说；
赏心多乐事，且看此半湖烟水，十顷荷花。

此联大意为：莫愁湖的美艳故事以及美景胜地，在世间非常有名；在湖心亭中开心的事很多，但莫过于看半湖的烟水和十顷荷花。联语由"胜地"入题，引出千秋轶事，点缀莫愁湖胜境宜人，赏心乐事，流连忘返，尽在这烟水荷花的美丽的景色之中。情中有景，诗中有画，给人美不胜收之感。

彭玉麟题莫愁湖

王者五百年，湖山俱有英雄气；
春光二三月，莺花合是美人魂。

上联"王者五百年"，出自《孟子·公孙丑》"五百年必有王者兴"一句。朱元璋自 1368 年定都南京至彭玉麟 1864 年率军攻陷太平天国天京（今南京），其间相距五百年。"湖山俱有英雄气"，是赞美湖山，亦有几分自诩之意。又有一说：自六朝至明初，南京作为各王朝的首都计 453 年，是以 500 年作为约数，王，读"旺"字音，为动词，意为统领。"莺花"，莺啼花开，化用丘迟《与陈伯之书》中"暮春三月，江南草长，杂花生树，群莺乱飞"句意，指春时美景。下联说阳春三月的莺花都是美人的灵魂所化。此联联语以现实结合历史，美人映衬英雄，抒发了作者登临胜棋楼时的感慨。此联具有散文化特点，朗朗上口。虽有大面积的音韵不协，但读之却浑然不觉，觉之又不以为碍。世人不以为病，反以佳联视之。"王者五百年"颇具英雄气概，"春光二三月"又柔情似水，皆蕴意深厚之典，熟于心眼，诚大开大合之作，设若随意更易，反觉不佳，可见一代名将也是性情中人。

彭玉麟题玄武湖

大地少闲人，谁能作风月佳宾、湖山胜友；
六朝多古迹，我爱此荷花世界、鸥鸟家乡。

南京是六朝古都，自三国时东吴开始，玄武湖上就有修筑建造，至今留下不少名胜古迹，供人游赏。这副楹联以风景落笔，但其旨不在景，而在抒发作者对闲适生活和自然风光的向往。作者在感叹自己闲暇少，连观赏"风月"、"湖山"的机会都没有，心有遗憾。下联写游湖时的喜悦。更可喜的是，玄武湖水面广袤，碧波荡漾，鸥鸟成群，荷花飘香。这里一切都充满着生机，而又显得那么清新可爱，使人流连忘返，字里行间流露出他对于闲居者的羡慕，由此而萌生出还归自然之念。从彭玉麟一生六辞高官，最后回归家乡这些事来看，其笔下所写确是道出了心中所想，也正是其思想的真实体现，从而使得这份感情流露更加真挚动人。对联用语明白如话，好似随口而出，但形象鲜明，富有诗情画意。

薛时雨题金陵督署煦园

　　宸翰壁间嵌，想日华云烂，露湛恩浓，遭逢一德明良，退食多闲，绿野平泉公廨筑；

　　都城江左重，幸鲽伏鹣驯，河荣海若，旷览六朝名胜，遥岚入座，迁倪颠米画图开。

　　煦园，亦西花园，与东花园（复园）相对称，位于南京长江路292号内，现与太平天国天王府遗址及总统府连为一体。煦园的历史最早可追溯至明成祖朱棣次子，汉王朱高煦的王府花园，后作为清两江总督署花园，太平天国定都天京后，被辟为天王府的一部分。

　　"宸翰"，帝王的书迹，指督署大厅有御书"恩暖堂"横额。"日华云烂"，阳光明亮，云霞灿烂。"退食"，减膳以示节约。"公廨"，官署，指两江总督署。"筑"，指在督署内筑有花园煦园。"鲽伏鹣驯"，比喻人民安居乐业。"河荣海若"，犹言河清海晏，比喻太平盛世。"迁倪"，指倪瓒，元末山水画家，人称迁倪。"颠米"，即宋代书法家米芾之别号，人称米颠。联语由看见皇帝御书的"恩暖堂"横额而生发议论，颂扬政治清平，社会安定，人民安居的气象。抒怀咏景，淋漓酣畅，深沉含蓄。

薛时雨题煦园还思堂

　　赋江南春，六代莺花归眼底；
　　后天下乐，十年休养系心头。

"莺花"，莺啼花开，泛指春时景物。"六代莺花"里，含有往昔繁华之意。"后天下乐"，出自范仲淹《岳阳楼记》中"先天下之忧而忧，后天下之乐而乐"。"休养"，辞官静养，这里含有应使社会安定，人民得以安居乐业之意。联语清新可诵，表达了作者先忧后乐以及关心民生、洁身自好的思想感情。

薛时雨题乌龙潭

水如碧玉山如黛；
凤有高梧鹤有松。

乌龙潭公园位于城西龙蟠里，以其山水亭阁的美丽景色和神奇迷人的传说，自古以来就享有"西城之冠"的美誉。传说晋时池中有四泉眼，终年喷涌不息，每年农历六月十九日，池中显现四乌龙，乌龙潭即由此得名。若干年后，四泉眼相继匿迹，乌龙亦不再现，然乌龙潭依旧风景优美，潭岸亭台楼阁错落，花木扶疏，一派诗情画意。

本联联语也是诗情画意与仙风道骨的气象兼而有之。上联纯用比喻，下联描述。意思是此处风景绝佳，水如碧玉，山色如黛，凤凰能找到高高的梧桐枝栖息，白鹤能在松枝上休憩，不但写出景色之美，更透出高洁之志。

薛时雨题淮清桥桥门

都是主人，且领略六朝烟水；
暂留过客，莫辜负九曲风光。

秦淮河古名淮水，传秦始皇南巡时发现有王气，于是凿方山，断长垄为渎入于江，以泄王气，故名秦淮。它不仅在现今的南京地区属主要河道，在历史上尤其是文化史上更是不同凡响的一条河。早在六朝时代，夫子庙秦淮河一带已异常繁华，十里秦淮两岸富贾云集，青楼林立，画舫凌波，成为江南佳丽之地。贵族世家都聚居在这里，文人墨客也耐不住寂寞，常游走在这秦淮河畔吟诗作赋，以文传世。虽然隋唐之后一度冷落，但明清却再度繁华，使秦淮风光成了江南胜景，是激发无数文人灵感的地方。主人也好，过客也罢，都沉醉在迷人的秦淮风光中了。本联的大意为：走过淮清桥的都是主人，而且领略过六朝的金粉烟水；暂时留下来的过客，千万不要辜负了秦淮河自然和人文景色。此联现镌刻于夫子庙西侧牌坊，为秦淮河夫子庙风景增色不少。

薛时雨题秦淮河停云水榭

一曲后庭花，夜泊销魂，客是三生杜牧；
东边旧时月，女墙怀古，我为前度刘郎。

停云水榭在南京秦淮河畔。"后庭花"，唐教坊曲名，即乐曲《玉树后庭花》。南朝陈后主荒淫奢侈，沉于声色，终至亡国。他曾填制《玉树后庭花》词曲，被人们视为亡国之音。唐代诗人杜牧曾乘船来到南京，"夜泊秦淮近酒家"，在诗中写"商女不知亡国恨，隔江犹唱后庭花"。"销魂"，指为情所感，若魂魄离散。"三生"，佛教里指前生、今生、来生。这里的三生是为了对应下联的前度。"女墙"，城墙上呈凹凸形的城垛子。"前度刘郎"，据南朝宋刘义庆《幽明录》记载，东汉永平年间，刘晨、阮肇在天台采药遇仙，至晋太康年间，两人重到天台。后世称去而复来的人为"前度刘郎"。唐刘禹锡《再游玄都观绝句》诗中写："种桃道士归何处？前度刘郎今又来。"对应首句"东边旧时月"（刘禹锡诗句"淮水东边旧时月，夜深还过女墙来"），下联应是指刘禹锡这个"刘郎"。

联语别有风致，乘兴吟怀，别有寄寓，有对买唱享乐、醉生梦死者的嘲讽，有重游南京即景生情、怀古抚今之感慨。

薛时雨题秦淮河停艇听笛水阁

寻江令宅，访段侯家，流水声中，六朝如梦；
赌太傅棋，弄野王笛，夕阳槛外，双桨徐停。

停艇听笛水阁处在繁华如梦的秦淮河风光带。东晋王羲之子王徽之（子猷）于此处听桓伊（野王）吹《梅花三弄》名曲，故名。此四字正好是古代汉语中"平、上、去、入"四声。"江令"，指陈朝江总，先仕梁，后仕陈，陈亡入隋，拜上开府，卒于江都，世称江令。江令宅作为文人庭院的代表，一直被认为是优雅闲适、诗酒风流的文人生活象征，后几经易主，也饱含了感慨时空转换、世事沧桑的深沉意蕴。段侯，宋人段约之，具体不详。张敦颐《六朝事迹类编》："江令宅在秦淮，今段大夫约之宅，即其故第也。"南宋李壁《王荆文公诗笺注》说江令宅："至国朝为段约之宅。"王安石有多篇诗文写到段约之，其中有"昔时江令宅，今日段侯家"。在《段约之庭园》中又赞美道："爱公池馆得忘机，初日留连至落晖。"上联写流水声中寻访六朝遗迹，一条秦淮河，随处可见，流淌的都是六朝历史。流水淙淙，六朝风雅的陈迹如在梦中。下联写夕阳槛外，停下双桨，指谢安赌墅，桓墅王吹笛，桃根桃叶（双桨）且慢慢消受和品味。历史梦幻和现实相互交织，给人既幽深又清丽的感觉。

李鸿章题愚园又一村

山椒云气易为雨；
村落人家总入诗。

　　愚园位于南京市秦淮区，最早可追溯至明中山王徐达后裔徐傅的别业，至今已有六百多年的历史，后几经转手，由清人胡恩燮（字煦斋，别号愚园）购得，并构建私家园林，也称胡家花园，是晚清著名的江南园林，有"金陵狮子园"之称。整个园林最大的特色就是以水石取胜。愚园历史同其他江南园林一样，屡遭战火，自近代以来多有修葺，2016年5月正式对外开放。

　　"山椒"，山顶。"村落"，乡人聚居之处。"云行雨施"是一种自然气象。上联用"易为"二字突出了此处多云多雨的湿润气候。"村落人家"让人联想到小桥流水、古树炊烟的清幽和杏花春雨的明丽，如诗一般。联语简洁清爽，朴素纯真，直中有曲，颇切"又一村"之题。

俞樾题胜棋楼

> 占全湖绿水芙蕖，胜国君臣棋一局；
> 看终古雕梁玳瑁，卢家庭院燕双栖。

　　"芙蕖"，荷花。"胜国"，被灭亡的国家，指明朝。"玳瑁"，一种海龟，背亮呈黄褐色花纹，可作装饰物，古时把雕梁画栋称为"玳瑁梁"。唐沈佺期《古意呈补阙乔知之》（又名《独不见》），诗："卢家少妇郁金堂，海燕双栖玳瑁梁。""卢家"句见《乐府古辞·河中之水歌》："河中之水向东流，洛阳女儿名莫愁。十五嫁为卢家妇，十六生儿字阿侯。"后人因把少妇称为"卢家妇"。联句意为：卢家少妇的庭院紫燕双双栖息在玳瑁般的梁上。上联由景而生发慨叹，前朝君臣赌棋，留得胜棋楼千秋佳话。下联切莫愁湖，化用古诗意，感怀莫愁湖风光依旧。

赵继元题鸥波小榭

不霁何虹？有雁齿双桥，青舫绿波相掩映；
在眉为黛，指螺鬟一角，霏云卷雨总空濛。

赵继元（1828～1897年），字梓芳，号养斋，安徽太湖人。同治七年（1868年）戊辰科中二甲点翰林。同治十二年（1873年）任江苏督署营务处。出京为江宁特用道节制督标，加按察使司衔，晚年定居江宁（今南京市）棉鞋营。妻王梦兰是著名女诗人。从其祖父嘉庆元年（1796年）状元赵文楷始，赵家四代翰林，家学渊源。著名社会活动家、佛教领袖、书法家、诗人、作家赵朴初是其曾孙。鸥波小榭在南京秦淮河。

"不霁何虹"，不是雨后现晴，哪来彩虹？见杜牧《阿房宫赋》："长桥卧波，未云何龙；复道行空，不霁何虹。""雁齿"，如雁行有序，形容拱桥栏杆形状。"青舫"，青色的画舫。"黛"，画眉的墨，黛画之眉称黛眉。"螺鬟"，如螺壳状的发鬟。"霏"，飞散。"空濛"，形容烟岚、雨雾交织的混沌迷茫之状。此联着意描写秦淮河的景物和风情，虹桥、画舫、绿波画意成趣，黛眉、螺鬟、云雨诗意朦胧。联语格调清幽，语词明秀，比喻形象，风雅生动。

陈桂生题浦口东城门楼联

地轴转洪涛，月涌星垂，三楚江声分浦溆；
天关开重镇，烟霏雾敛，六朝山色拥台隍。

陈桂生（？～1840年），字坚木，号云柯，又号芗谷，浙江钱塘（今杭州）人。优贡生。官至江苏巡抚。东城门楼在南京浦口，原为浦口镇城东门的堞楼，背山面江，登楼可俯瞰大江东流。

"地轴"，指大地，古人认为"地有三千六百轴，互相牵制"。"三楚"，古代楚国地域有东楚、西楚和南楚之称。"浦溆",此指水边。"天关",原为星宿名,此有天险意。庾信《哀江南赋》:"竞动天关,争回地轴。""烟霏",烟雨飞散。"雾敛",云雾收聚。"隍"即建于高处的城池。"台隍",六朝时的台城。联语生动地描绘东城门的地位和风物特征,突现长江景色的壮丽。"地轴转洪涛"、"江声分浦溆"形象比喻大江东去壮观的气势;"天关开重镇"、"山色拥台隍"抒写东城的重要地位。全联起句突兀,结句有力,气势相当宏大。

黄体芳题胜棋楼

人言为信,我始欲愁,仔细思量,风吹皱一池春水;

胜固当欣,败亦可喜,如何结局,浪淘尽千古英雄。

黄体芳(1832～1899年),字漱兰,浙江瑞安人,同治进士,官至兵部尚书。晚年主持金陵书院。

"人言"两句意为由信生愁,点出莫愁湖的传说。"风吹"句含象征意味,南唐冯延巳《谒金门》词:"风乍起,吹皱一池春水。"春风荡漾,吹皱了池水,也吹动了游湖士女的心情。"胜固"两句出自苏轼语,意谓胜和败都应当高兴喜悦,富含哲理,点明朱元璋和徐达赌棋,输棋后将莫愁湖和胜棋楼赐予徐达的故事。"浪淘"句见苏轼《念奴娇》词:"大江东去,浪淘尽,千古风流人物。"说明千古英雄虽尽随滚滚巨浪而去,又使人想起英雄人物的非凡气概。联语集古人之句,奇巧,贴切,翻出新意。句工词丽,意境深沉,风雅有致,切事切景切情。上联"仔细思量"和下联"如何结局"两句乃点睛之笔,给人以无穷的回味。清人吴恭亨《对联话》中评论此联"用笔甚新",不落窠臼。

刘铭传题愚园清远堂

地近杏花村，栏槛留春，潇洒林泉新画稿；
我来梅子雨，琴樽消夏，清凉世界小神仙。

刘铭传（1836～1896年），淮军将领，洋务派骨干，台湾第一任巡抚。在台期间，不但打退了法国舰队的进犯，而且练洋操，议铁路，建台省，为台湾的现代化做出了突出贡献。有一段时间，刘铭传曾经被清廷解除兵权，赋闲在家。闲居的十三年中，他虽然远离清朝军事政治权力中心，但对国家边疆危机时刻挂心。他买来许多西方书籍和报刊译本仔细阅读，还经常往来于上海、南京间，结交了洋务派人士和改良主义知识分子陈宝琛、薛福成等人，思虑中国富强之道。当时的南京愚园主人好客，常常高朋满座，宾客在此吟诗作赋。刘铭传亦为愚园题写了此联。联语的意思是说，这里靠近杜牧所赞颂的杏花村，画栏曲槛留住了春天，愚园清远堂的"潇洒林泉"如画稿般的美景让人怡心娱目。虽然正值盛夏的梅雨季节，但美酒琴音足以抚慰身心。此时，感觉上却似来到清凉世界，身心通泰。

顾云题清凉山驻马坡武侯祠

荐公一掬建业水；
听我三终梁父吟。

顾云（1845～1906年），江苏江宁人，字子鹏，号石公，诸生。官训导，晚清石城七子之一。豪饮，嗜酒。有云，"石城七子之顾石公先生每饮必五斤"，遂有"江南酒徒"之称。驻马坡，相传公元208年，诸葛亮奉命出使东吴，与孙权共商抗魏大计，两人曾联辔石头山、蛇山一带观察山川地势。诸葛亮为这得天独厚的险峻地势所震撼，发出"钟阜龙盘，石头虎踞，真帝王之宅也！"的感叹。

《梁父吟》是一首诗，寄托了有志之士为国出力的梦想。《三国志·蜀书·诸葛亮传》载："亮躬耕陇亩，好为《梁父吟》。"诸葛亮在隆中时，长时间不得志，当自己的志向有所动摇的时候，他就会吟唱起这首《梁父吟》，时刻提醒自己，不能迷失志向。本联大意是，建议先生您掬起一捧南京的水，听我来不停地读《梁父吟》这首诗。楹联借诸葛亮察看石头城的史实，抒发了作者热爱南京的家国情怀。本联属流水对，上下联一气呵成，呈行云流水之势，将历史人物、事件完美融合，堪称佳作。

许振祎题雨花台二泉茶社

独携天上小团月；
来试人间第二泉。

许振祎（？～1899年），江西奉新人，字仙屏。拔贡生，清同治二年（1863年）进士。他与曾国藩为师生关系，在曾国藩幕府工作了十六年，几乎历经了太平天国战争的整个过程。二泉茶社位于南京市中华门外的雨花台。古时，岗上产玛瑙石（雨花石），传说六朝时弘光法师在此讲经，感动天神，落花如雨，故名"雨花台"。"第二泉"是雨花台著名景点，泉水清冽甘美，用以沏茶则色味俱绝，被南宋诗人陆游评为"第二泉"。在"第二泉"上面建有百年老店"二泉茶社"。

本联大意是：独自一人来到二泉茶社，天上圆圆的月亮，照着我孤单的身影；不为别的，就是来品尝这人间甘美的第二泉茶水。是啊！在一个安静的月夜，在风景如画的二泉茶社，伴随悠扬的琴声，细细品着名泉之水沏的茶，该是何等享受啊！

易顺鼎题清凉山还阳井

老不白头因水好；
冬犹赤脚为师高。

易顺鼎（1858 ～ 1920 年），湖南龙阳（今汉寿）人，幼有神童之名，五岁能作对，十五六岁时即刻印《眉心室悔存稿》，传诵一时，有"龙阳才子"之称。经常向大才子王闿运请教学问，与宁乡程颐万、湘乡曾广钧称"湖南三诗人"。光绪元年（1875 年）举人。是年冬，北上应礼部试，取道江南，骑驴冒雪入南京城，遍访六朝及前明遗迹，一日成《金陵杂感》七律二十首。曾被张之洞聘任两湖书院经史讲席，后来官至广东钦廉道。

清凉寺位于南京城区西部清凉山南麓，前身是五代十国时期杨吴顺义三年（921 年）权臣徐温始建的兴教寺。寺门外有南唐中主李璟保大三年（945 年）由僧人广惠挖掘的古井一口，称南唐义井，又称保大泉。井旁居民饮此泉，虽老无一白头者，因此该井被称为"还阳井"。

据清末窦镇《师竹庐联话》记载，有一个叫心悟上人的老僧，他的徒弟年近六十，虽冬月还赤着脚。这年易顺鼎和友人梦湘一起到山上游玩，心悟上人闻知易是才子，便拿出纸笔，向他索要作品。易顺鼎看到他和徒弟都光着脚，但是师傅岁数更高，于是撰此联以应之。联意为：到老了头发都不白，是因为喝了还阳井里的水；大冬天师徒俩还赤着脚，那作为师傅更了不得。联语俗中有谐趣，意在言外，平实可诵。

汤寿潜题胜棋楼

湖水本无愁，问如何千古英雄，只许一楼分黛色；
佳人空绝代，看多少六朝金粉，更谁此地斗蛾眉。

汤寿潜（1857～1917年），原名震，字蛰仙，山阴天乐乡（今属浙江萧山）人，光绪进士。辛亥革命后为浙江都督，南京政府成立任交通总长。

"湖水"句指湖名莫愁的原因。本无愁的湖，取"莫愁"之名，为南京湖水增色。"问如何"两句切明太祖朱元璋和中山王徐达赌棋的轶事。"黛色"，此指山色青黛苍翠。"绝代"，冠绝当代，意即举世无双。此联以湖映楼，以英雄衬美人，即景抒怀，发古之幽情，结构巧妙、语词典雅清丽，一"问"一"看"，无尽感慨顿生。

李淡愚题胜棋楼

君臣相悦，遑论输赢，谁谓开国帝王，笑把湖山当孤注；
儿女多情，易生悲感，愿祝凝妆少妇，饱餐风月不知愁。

李淡愚（1859～1942年），名春华，广东新会人，清末廪生，热心教育事业，善于写联属对。联语虽说也写了英雄美女，但不拘泥于此。从古人想到今日，从一人想到大家，祝愿人们有"不知愁"的美好生活。这正是本联别具特色的高人一筹之处。"论输赢"，指明太祖朱元璋与开国勋臣徐达在莫愁湖中的胜棋楼下棋论输赢。"孤注"，把所有的钱并作一注。朱元璋与徐达下棋时，把莫愁湖当作赌博注，结果局竟棋输，特将莫愁湖赐给徐达作汤沐邑。"不知愁"，唐代诗人王昌龄《闺怨》诗"闺中少妇不知愁，春日凝妆上翠楼。忽见陌上杨柳色，悔教夫婿觅封侯"。不知愁，即莫愁之意，既表祝愿，又贴切湖名，堪称绝妙。

施文熙题高淳东平庙

镜物悟真空，师能脱俗潜修，便成鹫岭；

熙春回浩劫，我亦随缘小憩，来眺鸥波。

施文熙（1864～1946年），江苏高淳淳溪人。少有文名，二十一岁选拔为贡生，曾多处为官，勤政爱民，颇有政声。民国三年，施在广东揭阳当知事时，兴学、除弊，民众赞施文熙公正廉明。施文熙1915年卸任返乡，在其离任时，许多人自动设"香案"夹道送行。高淳童家东平庙，又名茶亭庵、老降福殿，在高淳青山乡，始建于清乾隆十五年（1750年），规模雄伟，庙内供奉张巡神像。

"鹫岭"，借指佛地。"熙春"，明媚的春天。"鸥波"，即鸥鸟浮游，随波上下，比喻悠闲自在的退隐生活。上联意指，高僧们于此处能够脱俗静心修炼，若大家都能礼佛向善，即可获得人生的启迪。下联指春回大地春光明媚，作者希望能放下世俗欲念，登高欣赏美景，随缘小憩。施文熙题家乡高淳东平庙的联中，将佛与俗，师与我，修身与赏景联系在一起，表达了一种历惯世态后的超然，以及回归桑梓后的喜悦和放松的心绪。

谭嗣同题秦淮画舫

画里移舟，鸥边就梦；

镜中人影，衣上天香。

谭嗣同在六赴南北省试落第后，父亲通过特殊关系，为他捐了候补知府的官衔。1896年8月，谭嗣同来到南京，开始了为时一年的候补知府生活。在南京，他致力于探求解决社会问题的灵丹妙药，完成了接近革命民主主义思想高度的杰作——《仁学》。谭嗣同在南京期间还积极推行维新活动，最重要的成就是倡导筹建了"金陵测量学会"，这是南京近代第一个学会。

画舫是船和建筑的结合体，船上仿照建筑风格，飞檐翘角，雕刻花窗，玲珑精致，古时当作游船。明清乃至民国，秦淮河里画舫众多，船上除了提供戏曲演出、品茶观景的服务外，还提供酒宴餐饮服务，因此不少人招待宾客都愿意安排在画舫上，于是众多游弋的画舫，成了秦淮河上一道靓丽的风景。

谭嗣同在画舫里，看到岸上的风景像一幅幅移动的画，鸥鸟就在身边梦幻一般飞翔，仿佛是镜中美人的身影和她身上及衣服上散发出的香味。从此联可以看出，谭嗣同是如痴如醉。本联用本句自对的手法，诗意盎然，情趣横生，梦幻色彩和绮丽风光尽现笔端。

王嘉宾题高淳东坝戏楼

六朝金粉无愁曲；
十里银林不夜天。

王嘉宾（1865～1913年），高淳下坝人，少而有才，十三岁考取秀才，二十八岁魁夺江南乡试第一名解元。早自元代起，南京高淳地区已有地方剧种，尤以目连戏兴盛。高淳现存的几处古戏楼，多建于明清时期。东坝戏楼初建于同治年间。民国初，王嘉宾从北京返乡养病期间，他召请当地能演善唱的目连戏老艺人，整理剧目，还重新倡修了东坝戏楼。为此，他亲题戏台联。

东坝历史上种植过成片的银杏树，这里的"十里银林"是东坝的代称，为的是对上联的"六朝金粉"。秦淮河上的六朝金粉弹唱的没有忧愁曲子，东坝的目连戏经常灯火通明直唱到天亮。"金粉"、"银林"，"无愁曲"、"不夜天"形象地再现了当年目连戏的兴盛，以及演出时的辉煌盛况。

戴鸿庥题愚园杏村沽酒

对岸绿杨，摇乱三春旗影；
出墙红杏，招来几个酒人。

戴鸿庥，生卒年不详，字盥香，号灌叟，清代人。杏村沽酒在南京城西鸣羊街愚园。

"旗影"，指挂在酒家门前的旗幌子，出自唐杜牧《江南春绝句》诗"千里莺啼绿映红，水村山郭酒旗风"句。"出墙红杏"，化用宋叶绍翁《游园不值》诗"春色满园关不住，一枝红杏出墙来"，意谓春景秀美。联语写春景意境清新，"摇乱"、"招来"两个动词传神、生动，风雅中添一点谐趣，表现杏村美酒洌、春意浓的韵味。

刘焞题胜棋楼

明月几时有，更上层楼，听棋子声中，谁操胜算？
美人犹未来，且摇小艇，向藕花香里，自遣闲情。

刘焞，清人，生卒年不详。

题写莫愁湖胜棋楼的楹联很多，此联是比较唯美和别致的一副。此联联语华丽，文采斐然，所写景色优美，如一篇小品文。上联切朱元璋徐达弈棋盛事，开篇借用古句发苍茫浩远之问：明月几时有？自然是无人回答。于是登楼一望，但听棋子落声，更增孤清旷逸潇洒。此时，无论胜算在谁，都无关要紧了。碧波荷叶，红粉翠盖，清香阵阵，莫愁湖的湖光山色实是美妙绝伦，足以娱怀。下联说虽未看到美人，但作者自己在一池荷花中轻摇一叶小舟，意趣洒落，多么悠闲自在，真神仙生活也！

夏云集题郁金堂

名利乃空谈，一场魂梦，试看棋局形势，问谁能胜；
古今曾几日，半池荷花，犹剩郁金香味，慰我莫愁。

夏云集，生卒年不详，清代医家，字祥宇，又字英白，河南息县人。习举业，官至江苏句容知县。兼通医术，擅长儿科推拿，著有《保赤推拿法》。

莫愁湖郁金堂据说是莫愁女曾经的居住地，传奇故事俯拾皆是。

说英雄谁是英雄？忆佳人何处佳人？世事沧桑，往事已矣！作者于是另辟蹊径，开篇即定下基调，以不容置疑的口吻断定：名利乃空谈！世事如棋，棋局本就在不停变幻之中，试问谁又能最终胜出呢？几分慨叹，几分无奈，几分悲情！只有那荷花多情，年年依旧绽放，好像仍在怀念那美丽的莫愁女，给多愁善感的莫愁女以安慰。本联采取一问一答的方式，显得深情款款、柔情脉脉，蕴涵绵绵不尽之意。

江璧题莫愁湖联

粉黛江山，亦是英雄亦儿女；
楼台烟雨，半含水色半天光。

江璧，生卒年不详，字南春，江苏甘泉（今江都市）人，清代诗人，同治乙丑进士，官武宁知县。

莫愁湖联离不了英雄美人，不过此联更进一步将眼前的一片江山，直接物化成英雄和儿女。儿女情长，英雄情更长，如此江山亦是多情的江山。楼台烟雨是典型的江南风光，蕴含着莫愁湖的水色天光，饱含诗意，宛如一幅浓淡相宜的水墨画。上联抒情，下联又收缩至眼前的风光，一放一收，加之叠字巧妙运用，诗情画意、意味深长。

王子实题莫愁湖

恨我晚来游，只落得万柄枯荷，一湖秋水；

问谁能不朽，除非是六朝儿女，千古英雄。

王子实，清人，生卒年不详。

联文用"枯荷"、"秋水"二词顿时就将人们带入秋天的凄清中，作者感慨"恨我晚来游"，晚在荷花已败，荷残盖枯；晚在错过春天，已入秋季；晚在未能相逢英雄美人；接着对此秋景，不由发出疑问"问谁能不朽"。其实，美人也好，将相也好，谁又能不朽呢？唯有六朝儿女、千古英雄会成为历史，永远驻在我们的心间。实际上，此联可以窥出作者是怀有一种"俱往矣"的伤感情怀的。

徐介山题南京莫愁湖湖心亭

提笔四顾天地窄；

长啸一声山月高。

徐介山，生卒年不详。

湖心亭建于清乾隆年间，有"四面荷花一间亭"之说。陆放翁草书诗："提笔四顾天地窄。"一下笔觉得世界都变小了，那些庸人和琐事自然不会放在眼里。这是一副"狷狂"的对联。先是"提笔四顾"，继而"长啸一声"，顿觉激情飞扬，豪气干云，莫非得湖山英雄气耶！"天地窄"、"山月高"，只是一种主观的感受。客观上，天还是那个天，月还是那个月，只是在顾盼神飞、意气飞扬的作者眼里，天地嫌窄，山月孤高，这是"以我观物，物物皆着我之色彩"。文字朴实，读来流畅，言少而意深。

曾广照题莫愁湖光华亭

憾江上石头，抵不住迁流尘梦，柳枝何处？桃叶无踪！转羡他名将
美人，燕息能留千古迹；

问湖边月色，照过了多少年华，玉树歌余，金莲舞后，收拾这残山
剩水，莺花犹是六朝春。

曾广照，清光绪年间曾任徐州知府，生卒年不详。

"迁流尘梦"，指人世的变迁。"柳枝"、"桃叶"，古代美女名。
"玉树歌"，即南朝陈后主所制歌曲《玉树后庭花》。唐代诗人杜牧《夜
泊秦淮》中有"商女不知亡国恨，隔江犹唱后庭花"两句。"金莲舞"，《南
史·齐东昏侯记》说，东昏侯"凿金为莲花以帖地，令潘妃行其上舞蹈，'步
步生花'"。"莺花"，莺啼花开，指春色美景。"六朝"，吴、东晋、宋、齐、梁、
陈相继建都于今南京，史称六朝。联语用华丽的铺排，慨叹曾经的歌舞场、
名将美人都不复存在，繁华过后终成一梦。本联作者多次叙述六朝兴亡
史实，来表吊古之情，语调悲壮，发人深省。

严贯题金陵钟山书院

旧迹重新，产生几辈英才，来从劫后；
古人长往，犹有六朝山色，青到窗前。

严贯，江苏江都人。清宣统二年（1910年）进士，累官至礼部司祭酒。
辛亥革命后，以教学终身。

钟山书院创建于清雍正二年（1724年），来求学的是江苏和安徽两
省的优秀人才。清朝规定，教得好的老师，学得特别好的学生，可以举
荐为官。钟山书院的师资力量十分雄厚，集江苏、安徽两省之精英前来
讲学。如泾县之朱兰坡，歙县之程春海、姚鼐，还有钱大昕等。值得一

提的是书院门前的大铁锚，据说是郑和下西洋的故物，是清代南京民间摸秋的地方。据甘熙《白下琐言》载："每中秋，游人蚁集，妇人摸之，可以生子，呼为'摸秋'，令人绝倒。"

上联叙事，下联写景。叙事和写景之中蕴涵深情，于"劫后"的沉重中寄托一片希望，对于育出英才的殷殷期盼之情跃然纸上。一个"青"字，将无限希望生机表露无遗，令人顿觉出眼前景色的清幽、风光的美妙，使得联语飞扬起来。

徐淮生题清凉山扫叶楼

登楼始悟浮生梦；
久坐唯闻落叶声。

"浮生"，老庄认为人生在世虚浮无定，称为浮生。"落叶"，化用杜甫"无边落木萧萧下，不尽长江滚滚来"诗意，蕴涵韶光易逝、壮志难酬的感慨。上联写心头感悟，下联写周遭所闻。天地空灵幽静，只有落叶沙沙，更添浮生若梦之感。联语写登楼所想所闻，既叹息浮生如梦，又联想到落叶窸窣之声，不无沉郁悲凉之感。全联用词质朴直白，但营造的意境却清凉深远。

蔡云万题奇芳阁

六朝金粉久飘零，适闻丝竹嘈嘈，小妓能歌，增多少兴亡感慨；
四座冠裳夸雅集，忘却干戈纷扰，此间足乐，姑视为润色升平。

蔡云万（1870年～？），江苏盐城人，有《蛰存斋笔记》，记述和总结了不少南京逸事。奇芳阁始创于清末 1917 年，由当时的社会名流和商界要人李仰超、朱寿仁、刘海如、禹子宽等人合股集资，在当时的奇望街（今建康路）上承恩寺附近，开设了"奇芳阁"清真茶社。1919 年，朱寿仁、刘海如等又沟通关系，捷足先登，买下夫子庙贡院街口，在当时誉为"龙灯头"的这块宝地，另筹新店，于 1920 年农历五月初一正式开张。奇芳阁的传统特色小吃品种，以鸭油酥烧饼、麻油素干丝和素什锦菜包等最为叫绝。

"飘零"，飘失，零落。"丝竹"，弦乐器和管乐器，泛指音乐。"嗷嘈"，喧闹。"冠裳"，指官吏全套礼服，此代士绅、官宦。"雅集"，高雅集会。"干戈"，此代战争。"纷扰"，纷乱骚扰。"润色"，润饰，使事物有光彩。"升平"，太平。上联化用杜牧"商女不知亡国恨"的诗意；下联讽喻人们忘却干戈，只图眼前享乐，一味粉饰太平，反映其忧国忧时的感情。

夏寿田题清凉山扫叶楼

二水三山常在眼；
一僧七子俱多情。

夏寿田（1870～1937 年），字耕父，一字桂父，号午诒、天畴、直心翁，湖南桂阳人。光绪二十四年中进士第八名，殿试榜眼及第。夏寿田是王闿运弟子，工诗文书法，亦工篆刻，与齐白石友善。

"二水三山"出自李白《登金陵凤凰台》诗："三山半落青天外，二水中分白鹭洲。""一僧七子"，指明末清初的龚贤、樊圻、吴宏、邹喆、谢荪、叶欣、高岑、胡慥 8 个画家，亦即"金陵八家"，他们在创作技法和创作理念上较之前代都有着很大的突破，形成了崭新的风貌，后世称之为"金陵画派"。上联着眼于眼前之景，下联落墨于史上之人，短短十四字，扫叶楼的风光、掌故一一呈现，可谓一部高度浓缩的扫叶楼史。

熊希龄题陶庐

妙德先生，直造竹所；
贞白居士，乐闻松声。

熊希龄（1870～1937年），字秉三，湖南凤凰县人，资产阶级政治家，北洋政府总理，曾任南京临时政府顾问。

民国时期南京汤山的名胜中，有一处遐迩闻名的地方，即是陶庐，是江宁土绅陶保晋于民国八年（1919年）所建的私宅。"汤山富林墅，陶庐尤得名。""欲向城南觅隐居，林泉适意首陶庐。"前人留下的这些诗句，正是陶庐生动的写照。1946年，陶庐被国民政府改建为蒋介石、宋美龄的专用温泉别墅。陶庐的地理位置得天独厚，临街抱涧（汤水河）、依山傍泉（温泉），既得街市的繁华，又得山野的清幽。置身陶庐，除了不时地听见悦耳的鸟鸣，山涧的潺潺流水，还有附近打谷场上的打麦声。陶庐中花木众多，四季葱茏。此外，金秋时节，陶庐里经常举办菊展，慕名前来参观者甚多。

"妙德"，南朝人袁粲，著有《妙德先生传》。"贞白居士"，指南朝秣陵（今江苏南京）人陶弘景，他是著名的医药家、炼丹家、文学家，虽不为官，但梁武帝常与之书信，以朝廷大事与他商讨，人称"山中宰相"。本联中，作者活用两个典故，刻画出了陶庐清幽环境的强大吸引力，以至于"妙德先生"、"贞白居士"这样的高洁之士，也都争相造访，陶醉其中。

杨度题扫叶楼

每因凭眺伤时局；
独倚江山念古人。

杨度（1874～1931年），原名承瓒，字皙子，后改名度。汉族，湖南湘潭人。杨度是中国近代历史上一个极富争议性的人物，才华卓绝，抱负不凡。他是中国近代史上一个奇人，先后参与或赞助了公车上书、变法维新、洪宪帝制等，参加过国共两党。杨度生活在一个纷争的乱世，他有强烈的报国之心，即便是站在扫叶楼凭栏远眺，也会触景生情，感伤时局，由感伤时局转而念及至古人，由近溯远。联语借题发挥，抚今追昔，伤时寄慨，表达作者对国家前途的关注。

周维藩题玄武湖湖神庙

对崔巍古堞，凭吊南朝，有平湖清梵，野寺疏钟，胜迹易销魂，叹纷纷棋局掀翻，都付与流水声中，夕阳影里；

趁闲散功夫，来游东郭，听莲外渔歌，芦边樵唱，群情差解意，把处处山灵唤醒，齐送到穿林软翠，涉浦寒青。

周维藩，字介人，安徽合肥人，中进士，点翰林，游学日本，交游革命党人，1912年被民国政府授陆军少将。湖神庙，在玄武湖梁洲览胜楼之西，为全湖风景最佳处，原是南朝昭明太子梁园的故址。明初洪武年间在洲上建黄册库（全国人口统计册籍，因是用黄色纸张，故称黄册）。据《玄武湖志》载："相传造册库时，一老人虑鼠损册。明祖问其姓，对曰：'毛。'明祖曰：'猫能伏鼠。'遂活埋之，立毛老人庙春秋祀之。"后因湖中主要出产的是鱼而猫喜食之，故改毛老人庙为"湖神庙"。

"崔巍"，高峻的样子。"堞"，城上的矮墙，又叫女墙。"平湖"，指玄武湖，宋孝武帝刘骏曾在湖中大举操演水军，故玄武湖之兴盛起于南朝。"清梵"，清净的寺庙。"胜迹"三句，化用明太祖朱元璋与开国功臣徐达赌棋的典故，寓意在一个"叹"字中。"差解意"，约略领会此中意趣。"山灵"，山中的神灵。"软翠"，轻柔的翠绿色。"寒青"，苍青色。联语览胜怀古，情景交融，声色并茂，风雅的辞采中寄托感慨，读来令人神清气爽。

沈葆荫集句题陶庐

且欲近寻彭泽宰；
此间何异武陵源。

沈葆荫，字亭吾，江苏人，清末诗人、书法家、文物鉴赏家。

"且欲近寻彭泽宰"（下句是"陶然共醉菊花杯"）出自唐朝诗人崔曙的古诗作品《九日登望仙台呈刘明府》。"何异武陵源"出自唐朝宋之问《宿清远峡山寺》诗："寥寥隔尘事，何异武陵源。""彭泽宰"，指陶渊明。"武陵源"，指陶渊明笔下适合隐居的理想乐土。本联以生动传神的笔触，展示出了陶庐的清幽和美妙，仿佛能令人看见这幅美丽的画卷。

单之珩题玄武湖览胜楼

甚繁华六代莫须提，望无边烟水，浑隔绝石城冠盖，金屋笙歌，便看物换星移，觉岛屿潆洄，总不教铁板铜琶，拍入江东坡老曲；
尽消受一官权当隐，笑随分经纶，但检点花柳荣枯，渔樵作息，却喜清溪红树，任车裘去住，也算是闲云野鹤，游来世外武陵源。

单之珩，生卒年不详。览胜楼位于南京市玄武湖公园梁洲东北部，初称湖山览胜楼，始建于六朝，清宣统元年（1909 年）重建，以作为邀集文人雅士联吟结社之处。登楼可一览玄武湖和钟山胜景。

"铁板铜琶"，形容苏东坡词豪放激越，直须关西大汉持铜琵琶、铁绰板来高唱，方可解其中味。"经纶"，引申为筹划治理国家大事。"武陵源"，晋代大诗人陶渊明笔下景色优美、适于隐居的世外桃花源，是一个理想之地。古代有种说法认为：小隐隐于野，中隐隐于市，大隐隐于朝。联语意即，既然谋得一官，且就"随分经纶"，对此清溪红树、美丽湖山，就像来到武陵源一样，权且把做官当作一种"隐"吧！表达的是一种豁达的态度。

周学源题金陵周处台之一

大屋不画龙蛇，待名士来题咏者；
今世复多蛟虎，愿将军出斩除之。

周学源，生卒年不详，字星海，号岷帆，浙江湖州人。咸丰二年（1852年）壬子进士，选庶吉士，授翰林院编修，官至侍讲学士。

周处台在南京中华门内侧，与芥子园相邻。周处，西晋人。少时横行乡里，乡人深受其害，将他和猛蛟、恶虎并列为三害。后斩蛟、射虎，改恶从善，建功立业，为国尽忠，传为美谈。

"大屋不画龙蛇，待名士来题咏者"联起画龙点睛典故。张僧繇是梁朝著名的画师。有一次，皇帝命令他在金陵安乐寺的墙壁上画龙。不一会儿，两条栩栩如生的龙就出现在墙壁上了。皇帝问张僧繇为什么龙都没有眼睛。张僧繇回答说："画上眼睛的话，它们就会飞走的。"大家不信，皇帝更不信，一定要他画上眼睛，张僧繇只好给其中的一条龙点上了眼睛。霎时间，电闪雷鸣，那条龙真的飞走了。下联的意思是，在不太平的现世中，还有些人如蛟虎一般危害世人。若周处在，定当奋起斩蛟、射虎。如今，周处不在了，谁又能为民除害呢？作者在周处台呼唤周处将军能现身，继续斩除邪害。仰慕发乎心，感人至深。

周学源题金陵周处台之二

进德之猛，成仁之伟，归宿在读书，七十叶乔木清华，此为何年遗址？
铁城一角，赤石一卷，馨香逾胙土，三千里大江东去，更有几座高台。

"进德"，即为增进品德。"成仁"，成就仁德。"叶"，世、代之意。
七十叶也是七十世或者七十代之意。"乔木清华"，景色优美。"铁城"，
指南京城墙。"赤石"，即赤石矶，在周处台旁。"胙土"，帝王以土
地赐封功臣，酬其勋绩。此联的意思是说要想快速提高品德，成就操行，
最终的办法还是读书。眼前这七十代树木美景，是哪个年代的遗址啊？
在南京这钢铁般坚固的城池一角，上天赐的赤石如书卷，散发出馨香。
三千里大江向东流去，能有几座高台比得上周处读书台呢！作者认为，
读书能明礼仪、辨是非、分善恶，所以是"归宿在读书"。联语从紧扣
周处事业入手，歌颂他的功绩。登上高台瞻仰胜迹，表达了后人对先贤
的深深怀念之情。

佚名题燕子矶烟雨楼

岩飞骤雨云翻石；
风挟奔雷水拂天。

燕子矶作为长江三大名矶之首，有着"万里长江第一矶"的称号，
位于南京市主城区北郊观音门外，海拔 36 米，山石直立江上，三面临空，
形似燕子展翅欲飞，故名为燕子矶。矶上烟雨楼饱经烟雨，阅尽沧桑。
骤雨起时，岩石作势欲飞，水天相连，狂风巨浪，声势骇人，是一种"飞
湍瀑流争喧豗，砯崖转石万壑雷"的雄壮气势，登楼则会油然而生出万
古豪情。联语气势雄浑，气韵流畅，似卷风雷而下，似有金石相激，如
闻其声，如见其形。

佚名题清凉山驻马坡武侯祠

丞相当年曾驻马；

江山终古此蟠龙。

驻马坡的大体位置，在南京市清凉山公园东大门内。相传公元208年，诸葛亮奉命出使东吴，与孙权共商抗魏大计，两人曾联辔石头山、蛇山一带观察山川地势。宋代张敦颐《六朝事迹编类》载，当时诸葛亮为这得天独厚的险峻地势所震撼，由衷发出"钟阜龙蟠，石头虎踞，真帝王之宅也！"的感叹。1984年，在公园的北山坡，镶嵌由著名书画大师刘海粟书写的"驻马坡"石刻，点缀在万绿丛中。

这是一副典型的忆古怀今之作。当历史穿越千年之后，我们依然可以通过读此联，来品味沧桑的历史，品味逝去的峥嵘岁月。"终古"，自古以来。上联回顾历史，点明此处的不凡，因为蜀汉大丞相诸葛亮都曾驻马歇息，在此处指点江山，谋划破曹方略。下联回到眼前景观。当年驻马的风流人物已经不在，但江山还是那片江山，虎踞龙盘之势仍是未改。

佚名题夫子庙

修其天爵；

教以人伦。

夫子庙是供奉和祭祀我国古代著名的大思想家、教育家孔子的庙宇。它作为古城南京秦淮名胜蜚声中外，是国内外游人向往的游览胜地。建于宋仁宗景祐元年（1034年），就东晋学宫扩建而成，建筑极具东方特色，规模宏大，迭经沧桑，几番兴废。新中国成立后精心维修，使之成为秦淮河畔的标志性建筑。

"天爵"，《孟子·告子》中说："仕、义、忠、信，乐善不倦，此天爵也。"《孟子·滕文公》中说："圣人有忧之，使契为司徒，教以人伦：父子有亲，君臣有义，夫妇有别，长幼有序，朋友有信。"本上联以仁义忠信为信条，下联强调人与人之间的等级关系，是儒学教义的核心。联用短短八个字，集中宣扬了儒家道统，言简意赅，颇见古朴厚重。

佚名题天韵楼

天仙都化美人来，问上界琼楼，可有六朝新乐府；
韵事不随流水去，听后庭玉树，依然十里旧秦淮。

天韵楼是民国时期秦淮河畔的一座歌舞酒楼。联中的"上界"犹天界。"韵事"即风雅之事，指文人诗歌吟咏及琴棋书画之类活动，也指男女情爱。"后庭玉树"指南朝陈后主的《玉树后庭花》词。联上下两句分别嵌入"天"、"韵"二字，把杜牧"商女不知亡国恨，隔江犹唱后庭花"的诗意融入联中，自然贴切，对仗工整，含义深刻，堪称妙构佳作。

佚名题高淳劝业亭

筑室访陶朱，春学老农秋学圃；
登亭怀李白，朝谈善政夕谈诗。

本联据传是高淳士绅夏肃卿所作，具体不详。劝业亭位于南京高淳区，高淳于清乾隆时被誉为"江南圣地"，素有"日出斗金、日落斗银"江南鱼米之乡的美誉，为固城湖、石臼湖环绕，风光秀丽。

范蠡是春秋时期越国著名的政治家、军事家和经济学家，曾辅助越王勾践廿余年，历经艰辛，千方百计谋取勾践回国，成为辅助勾践灭吴复国的第一谋臣，官拜上将军。勾践复国之后，范蠡急流勇退，弃官退归，定居当时的商业中心陶，人称"陶朱公"。他在这里从事商业、农业和牧业，表现出了非凡的才能，在 19 年内有三次赚了千金之多，但他仗义疏财，从事各种公益事业，获得"富而行其德"的美名。劝业亭联隐含劝业之意，登亭人来此，"访陶朱"、"怀李白"，学稼穑、论诗文，促善政，进而成实事、做实业。

佛寺联

佛寺联是楹联的一种表现形式，主要的对象是寺庙。佛教文化流入南京，始于东汉献帝（189～220年）末世。自孙权建立东吴政权定鼎建邺（南京）之际，佛教南渐，建邺是开创中国佛教诸宗的先河之地。民国时期，中国佛教会设立于南京，使全国佛教界名流常常云集于南京，南京成为全国的佛教活动中心。历史上南京有寺近500所，目前仍有寺院60余所。南京拥有1780多年的佛教文化发展史，可谓是佛教之都。

康熙题灵谷寺

天香飘广殿；
山气宿空廊。

　　南朝的都城建在今天的南京，所以都城中寺庙众多，佛教兴盛。灵谷寺位于南京市东部钟山东侧，与明孝陵和中山陵毗邻，始建于南朝的梁武帝年间。关于灵谷寺名称的来由，明太祖在灵谷寺新建时写的《游新庵记》一文中说："钟山之阳有谷，谷有灵泉曰八功德水。"他在《御制大灵谷寺记》中又说，灵谷寺的地形是"左群山右峻岭"间的一片谷地。可见"灵谷"二字的含义，"灵"是指当地一股被认为有灵性的泉水，即八功德水；"谷"是指地形而言。灵谷寺古树参天，绿荫遍地，曲径通幽，"灵谷深松"被誉为金陵四十八景之一。古代灵谷寺在国内佛林中占有较高地位，得到了最高统治者的青睐。据《金陵梵刹志》的统计，明代灵谷寺在上元、江宁、句容、六合等地所拥有的地产，总共达 34000余亩。明朝还把栖霞寺、方山的定林寺等十二座佛寺划归灵谷寺管辖，这样大规模的佛寺，真可谓是天下"第一禅林"了！清朝初年的战火，使灵谷寺遭受严重的破坏，除无梁殿和宝公塔外，其余殿宇全部被毁。清朝统治进入所谓"康乾盛世"后，灵谷寺也重新修复，又成为东南名刹，并多次接待清朝皇帝。康熙游览灵谷寺时，曾亲笔题书"灵谷禅林"匾额，还写了一副对联："天香飘广殿；山气宿空廊。"意思是说，佛寺大殿里，天香飘拂；空旷庭廊中，山气萦回。一派自然宁静光景。乾隆皇帝六下江南，每次都去灵谷寺，并在这里建了行宫，还赋诗、赐物，亲笔御书"净土指南"四字，令刻在三绝碑上。

佚名题灵谷寺禅堂

炉火红深，懒残煨芋；
密阴绿满，怀素书蕉。

　　"懒残"，唐衡岳寺僧人明瓒，因个性疏懒，好食残余饭菜，人们称之"懒残"。唐朝李泌未发迹前，曾在寺中读书。一天深夜，拜访懒残时，懒残用炉火煨出热腾腾芋头招待他，还预言李泌今后将"领取十年宰相"。后来，李泌果然做了十年宰相。"怀素"，是唐玄奘的弟子。相传其种芭蕉万余株，以蕉叶代纸写字，勤学苦练，退笔成冢，终以狂草闻名。世人往往把他和草圣张旭相提并论，称为"颠张狂素"。这副对联借历史上两个与高僧有关的故事叙说，暗含"名寺宝刹"之说。上联色红，下联色绿；上联浓烈，下联幽静。上下对比，意思连贯，反映出灵谷寺禅堂超凡出尘的优美境界，淡雅、静谧而清灵的禅意悠然透出，令人神往意随，而心地宁静禅寂。

佚名题灵谷寺大雄宝殿

现身净饭国中，九有四生，同尊慈父；
说法灵山会上，十方三界，共仰能仁。

　　"现身"，谓神、佛、菩萨现出种种身形。"净饭国"，指佛国。"四生"，佛教将众生分为四大类：一、胎生，如人、畜；二、卵生，如禽鸟鱼鳖；三、湿生，如某些昆虫；四、化生，无所依托，唯借业力而忽然出现者，如诸天与地狱及劫初众生。"说法"，宣讲宗教教义。"灵山"，印度佛教圣地灵鹫山的简称。"十方"，佛教谓东南西北及四维上下。"三界"，佛教指众生轮回的欲界、色界和无色界。"能仁"，即释迦牟尼。这副楹联用了诸多佛教术语，造成一种庄严静穆的崇高意境和氛围，让人心灵得到宁静和升华，现身说法于佛国灵山，九有四生、十方三界中，同尊慈父、共仰能仁。表达了一种美好的理想和追求，精神得到洗礼与超脱。联内之意和言外之意无非劝人仁善。

曾国藩题灵谷寺龙神祠

万里神通，渡海遥分功德水；
六朝都会，环山长护吉祥云。

清咸丰年间，太平天国定都南京（改名为天京），清军在孝陵卫设江南大营，围困天京。在长期的战争中，灵谷寺遭到了空前的破坏，除留下一座残破的无梁殿外，其余殿宇全部焚毁。同治六年（1867年），因连续数月干旱少雨，时任两江总督的曾国藩到灵谷寺八功德水处焚香祈雨，后来终于降了雨，灾情有所缓解。事后，曾国藩在无梁殿东侧建造了一座龙神庙，这座龙神庙，就是今天我们所看到的规模比较小的灵谷寺。"神通"，指菩萨、神灵具备各种神秘莫测的能力。"分功德水"，须弥山下大海中有分功德水。分功德指一甘、二冷、三软、四轻、五清净、六不臭、七不损喉、八不伤腹。"六朝都会"，指南京历史上有吴，东晋，南朝宋、齐、梁、陈六个朝代在南京建都。"吉祥云"，吉祥喜瑞的云彩。这副对联是说龙神神通广大，万里渡海而来，遥把八功德水分送到灵谷寺前；环绕着紫金山和南京的云彩都是祥瑞之气，乃是佛地灵山之境。联文立意深远，构思奇巧，对仗工整，不愧为大家手笔。

超尘题灵谷寺大雄宝殿

灵迹著六朝，地让孝陵气未改；
谷声传千载，法源宝志道常兴。

这是一副行文典雅、用事精切、对仗工整的嵌名联。灵谷寺始建于南朝梁天监十三年（514年），是梁武帝为安葬名僧宝志而建立的寺院。在宝公塔前有著名的"三绝碑"。碑上有唐代大画家吴道子画的宝志禅师像，大诗人李白的诗赞和颜真卿所书的字。上联"灵迹著六朝，地让孝陵气未改"是说灵谷寺从六朝以来灵气长存,并不因为从原地迁至此地而改变灵气;下联"谷声传千载,法源宝志道常兴"是说灵谷的声响(双关,灵谷松涛的声响和梵音禅韵)、灵谷寺的清名,源于高僧宝志,千载流传,高扬远播,代代弘道护法,所以常常兴盛。

侯度题灵谷寺

予意云何云何法;
我闻如是如是观。

侯度(1817~1874年),安徽和州人,工书法,尤善草书。太平天国攻下无锡后,侯度自断手指不为太平军写字,故自号断指生,直至太平天国亡,侯度书法反大有长进,自号"断指生侯度",名气大增。

"云何",为何,为什么。语出诗经《诗·唐风·扬之水》:"既见君子,云何不乐?"又有如何,怎么办的意思。宋朝苏轼《次韵王定国南迁回见寄》:"心通岂复问云何,印可聊须答如是。"如是,如此这般的意思,佛经有句云"如是我闻",我闻如是,我所见闻的一切,都不过如此。不管云何法,都作如是观。对世间事理大彻大悟之后,方有如此境界,颇有哲理禅意。

乾隆题大报恩寺塔

天半插浮屠,宫殿金银三界上;
云中现忉利,楼台丹碧六朝前。

大报恩寺遗址位于南京市中华门外宝塔根北山门。大报恩寺于明永乐年间（1403~1424 年）建成，规模宏大，建筑精美，主要建筑有金刚殿、碑亭、大雄宝殿、琉璃塔等。琉璃塔宏伟壮观，豪华精美，历十九年方告成，被誉为中世纪世界七大奇观之一，惜毁于 1856 年太平天国兵燹（因战乱而造成的焚烧破坏），今仅见塔基。2015 年底建成了大报恩寺遗址公园，保护性展示了大报恩寺遗址中的千年地宫和珍贵画廊，以及从地宫中出土的石函、铁函、七宝阿育王塔、金棺银椁等世界级国宝。

　　"浮屠"，佛塔"堵波"中译名。"三界"，佛教称仙佛所居之地，上界、下界、地界。"忉利"，即"忉利天"，意译为三十三天。即欲界六天之二。小乘部为欲界十天中的第六天。"六朝"，曾经有东吴、东晋，南朝的宋、齐、梁、陈共六个朝代在南京定都。乾隆皇帝多次下江南，在南京等地留下了不少诗联墨迹。清朝康熙、乾隆二帝，于振兴儒术之余，亦崇佛教，颇有研究。这副佛教联写大报恩寺的场景，有气势，贴合历史地理时空，并极富佛教特色。

佚名题鸡鸣寺山门

浩劫历红羊，叹江北江南，惟兹选佛名扬，留得六朝佳胜在；
平湖飞白鹭，更莲花莲叶，现出华严妙境，好将一幅画图看。

　　鸡鸣寺，又称古鸡鸣寺，位于鸡笼山东麓山阜上，是南京最古老的梵刹之一。六朝梁代时称同泰寺，梁武帝兴佛，为筹建寺庙资金，他曾四次舍身出家于此，胁迫朝廷重金赎回自己。鸡笼山东接九华山，北临玄武湖，西连鼓楼岗，山高 62 米，因山势浑圆似鸡笼而得名。鸡笼山背湖临城，满山浓荫绿树，翠色浮空，山清水秀，风景绮丽。

　　"红羊劫"，指国难。古人以为丙午、丁未是国家发生灾祸的年份。丙丁为火，色红，未属羊，故称。"华严妙境"，指华严所说的大乘世界。意思是说，江北江南的南朝四百八十寺，历经浩劫，唯留得鸡鸣寺这样的佛教名胜佳景还在；玄武湖上白鹭飞翔，莲花莲叶，呈现出佛教的华严妙境，真如一幅美妙的图画。此处莲花莲叶不仅仅指眼前美丽的莲花，而且还是佛的象征。在佛教教义里，莲与佛的关系十分密切，可以说"莲"就是"佛"的象征。

这副对联通过鸡鸣寺周围的环境描写，对此六朝佳胜、莲花莲叶、华严妙境予以热情赞颂，画境诗情，赏心悦目，禅意佛心油然而生。联文语言通畅，形象生动，对仗工整贴切，五、六、七言句兼用，句中语法结构灵活自然，堪称妙手佳作。

佚名题鸡鸣寺观音阁

问菩萨为何倒坐；

叹众生不肯回头。

同治六年（1867 年），鸡鸣寺僧西池等募资修建了观音楼，观音楼又名观音阁。楼内供奉着普度众生、大慈大悲的观音菩萨。有趣的是，鸡鸣寺的观音与众不同，为一尊倒坐观音菩萨（面朝北而望）。佛龛上的这副楹联道明个中原因：佛法无边，回头是岸。原来，观音菩萨在叹息众生不肯选择回头是岸。联语采取一问一答方式，诙谐幽默，含义深刻。

佚名题鸡鸣寺观音阁

仙梵递鸡声，好梦也须唤醒；

佛光照湖水，妙莲不是空栽。

"仙梵"，指教徒诵经的声音。"佛光"，佛所带来的光明。联意为：鸡鸣寺的鸡声伴和着教徒诵经的声音，甚或还有钟声、鼓声、磬声等，把凡夫俗子的尘梦唤醒。佛光照在清清湖水上面，给人们带来明净宁馨和吉瑞安详。莲花出水，不是白白栽植的，正是法相，佛家的宝莲妙境啊。这副对联的意境优美，声律流畅，尤其富有内涵和哲理，启人深思。

佚名题鸡鸣寺景阳楼

鸡笼山下，帝子台城，振起景阳楼故址；
玄武湖边，胭脂古井，依然同泰寺旧观。

鸡鸣寺观音楼左侧为豁蒙楼，楼甚轩敞。豁蒙楼东即为景阳楼，楼上有这副对联。这副对联，并无奇巧处，率尔写实，写景记史而已。一联罗列了六个地名，同泰寺是鸡鸣寺的古名。台城、胭脂井、玄武湖，都是鸡鸣寺旁的景点。联意为在帝王州的鸡笼山下、台城畔、玄武湖边、胭脂井旁，振起复建了景阳楼，使得鸡鸣寺依然展现出昔日的壮观。

张之洞题鸡鸣寺豁蒙楼

胜地何常经浩劫；
斯楼不朽赖名传。

清代光绪二十年（1894年），两江总督张之洞在鸡鸣寺建豁蒙楼，取杜甫"忧来豁蒙蔽"意，送给好友"戊戌六君子"之一杨锐。杨锐是张之洞督学四川时的得意门生。张之洞任两湖总督时，曾办两湖书院，杨锐主持史学分校。甲午中日战争时期，张之洞任两江总督。一天月朗风清，张之洞和杨锐同游台城，在鸡鸣寺侧置酒欢谈，纵论诸子百家，古今诗文，提到杜甫的《八哀》，杨锐能够朗诵无遗。对于《赠秘书监江夏李公邑》一篇，后四句"君臣尚论兵，将帅接燕蓟。朗咏六公篇，忧来豁蒙蔽"，反复诵之，使张大为感动。后来张之洞再督两江，重游鸡鸣寺，徘徊于当年和杨锐彻夜酒谈处，深感震悼。于是倡议起楼，为杨纪念，更取杨锐所诵古诗"忧来豁蒙蔽"一句，书额曰"豁蒙楼"。还写了跋文："余创于鸡鸣寺造楼，尽伐丛木，以览江湖，华农方伯捐资作楼，楼成嘱题匾，用杜诗'忧来豁蒙蔽'意名之。光绪甲辰九月无竞居士张之洞书。"联意是说六朝胜地南京为何常常经受浩劫灾难，豁蒙楼当长存不朽，因为有杜甫、杨锐等先贤的英名而不朽！

徐淮生题鸡鸣寺豁蒙楼

云边山影闲中换；
天外江声画里流。

徐淮生（1868年~？），字漠侯，号醉石，安徽石埭（今石台县）人，清末贡生。曾任两江优级师范学堂文学教师。善行草书，清劲遒逸。民国初年卒。有《枕云居诗稿》。上联绘"山影"，随"闲"情换景；下联临"画"意，恍惚间有"江声"流响，耳得之而为声，目得之而为色。联语情景交融，有长江之水天上来之感，眼前意境豁然开朗，恰切"豁蒙"之意。

王新铭题鸡鸣寺豁蒙楼

六代繁华千古梦；
五更清晓数声鸡。

　　王新铭（1870～1960年），字吟笙，天津人，光绪年间举人，善画山水，工诗，继严范孙之后创办小学，矢志办学，为近代教育家。豁蒙楼在鸡鸣寺观音楼左侧，楼上视野开阔，登楼凭栏远眺，发思古幽情。"六代繁华"，指南京历史上东吴、东晋，南朝宋、齐、梁、陈六朝为代表的各个朝代创造了不同程度的繁荣。"五更清晓"，指天快亮时。联意为五更清晨晓色中的数声鸡鸣，恰好把六代繁华的千古梦境唤醒，真正是豁然开朗。这副对联的意境很切合豁蒙楼的历史和现实场景，故为佳作。

梁启超题鸡鸣寺豁蒙楼

江山重叠争供眼；
风雨纵横乱入楼。

　　梁启超（1873～1929年），广东新会人，中国近代思想家、政治家、教育家、史学家和文学家。早年，梁一直置身于激烈尖锐、错综复杂的政治斗争中；晚年，则致力于著述及讲学。20世纪20年代，南京东南大学校长郭秉文主张"自由讲学"，不分党派，利用这个最高学府讲坛，延揽国内外名流学者，充分发表个人的政治主张，让学生也自由选择自己的政治信仰。1922年夏天，梁启超受聘东大主讲《先秦政治思想史》，文史两系争睹名师风采，师生聚集鸡鸣寺开会欢迎。当时正值盛暑时节，鸡鸣寺住持得见梁启超，欣然捧出文房用具索求墨宝。梁启超沉吟片刻，奋笔写下陆游集句："江山重叠争供眼；风雨纵横乱入楼。"从此联可以看出这位昔日政坛骄子对当时政治风云变幻心怀不满，忧心忡忡，道出了当时军阀混战、时局动荡、民不聊生的真实场景。

黄建莞题鸡鸣寺豁蒙楼

遥对清凉山,近临北极阁,更看台城遗址,塔影横江,妙景入樽前,一幅画图传胜迹;

昔年凭墅处,今日豁蒙楼,却喜玄武名湖,荷花满沼,好风来座右,数声钟磬答莲歌。

黄建莞是江宁布政使,光绪二十九年(1903年),奉张之洞命在鸡鸣寺造豁蒙楼,并捐资。光绪三十年(1904年)建成,张之洞亲书匾额。该楼原有张之洞的画像,悬挂梁启超书联"江山重复争供眼;风雨纵横乱入楼"。后来,又有黄建莞的这副楹联,上联"遥对清凉山,近临北极阁,更看台城遗址,塔影横江,妙景入樽前,一幅画图传胜迹",写豁蒙楼的地理位置和优美风景;下联"昔年凭墅处,今日豁蒙楼,却喜玄武名湖,荷花满沼,好风来座右,数声钟磬答莲歌"。写玄武湖就在座前,荷花满湖,清风送爽,寺里磬声悠扬与湖上莲歌互答,一派喜乐宜人的太平景象。

徐泽本题鸡鸣寺豁蒙楼

湖水经秋平似镜;

莲花破晓白如霜。

徐泽本(1905~1948年),字淮生,湖南省长沙人。客居南京,工诗文书法。据《东海堂长沙徐氏族谱》载:"博立之子,泽本,字淮生,清光绪三十一年乙巳八月十五日卯时生,民国三十七年戊子八月初九日申时卒,年四十四岁。"这副题豁蒙楼的对联,完全写景,宛如画幅。上联写玄武湖秋水平静,明亮如镜;下联写早晨的莲花,洁白如霜。莲花和佛有关联,清霜秋肃,晨钟暮鼓,有着佛寺的意境。徐淮生另有一联"云边山影闲中换；天外江声画里流"，也是写豁蒙楼的，也很有诗情画意。

傅文江题鸡鸣寺豁蒙楼

一楼高耸，有名流三字留题，偶来山顶听鸡鸣，好景当前，不让他扫叶幽栖，胜棋遗迹；

六代销沉，尽过客千秋凭吊，自古石头称虎踞，雄图未已，请看那台城废址，胭井枯泉。

傅文江，生卒年不详。这副对联是作者对于当前的人文风物和良辰美景的欣赏和赞叹。他登临览胜写景，凭吊历史兴亡，抒发人生感慨，劝人醒悟明达。上联意思是说豁蒙楼的美景雅致，绝不亚于扫叶楼和胜棋楼。下联却并不乐观，陡生感叹：帝王争霸也罢，龙盘虎踞也罢，霸业雄图，只不过留下台城废址、胭脂枯井而已，六代销沉，让人千秋凭吊，也令人一时猛醒。意指世事如烟云过眼，四大皆空，当修心敬佛，行善积德，方能圆明智慧，福寿康宁。

黎涤尘题鸡鸣寺豁蒙楼

三千里外客登楼，看钦天山色，玄武湖光，无限古今愁，残垒苍苍收王气；
五百年间谁是主？听萧寺钟声，疏林鸡唱，不胜兴废感，寒烟漠漠锁台城。

黎涤尘，生卒年不详。上联写作者从三千里外赶来，登上鸡笼山，看古城南京的山色湖光，看到残垒苍苍处，王气黯然收，不禁勾起古今无限愁烦和惆怅。下联进一步怀古感慨，问五百年间，谁是江山的主人。

听古寺钟声，荒林鸡唱，看到台城衰柳，寒烟漠漠，顿生兴废存亡之感。从历史兴亡的沧桑变迁中，感悟人生及天地自然的法则，倒是也有一番禅意。这副对联很有意境和气韵，写景抒情结合，放怀天地，着眼古今，有历史纵深感和沧桑感。

乾隆题清凉寺

波心似镜留明月；
松韵如篁振午风。

清凉山又名石头山、石首山，位于南京城西隅、南京市广州路西端。清凉山高 100 多米，方圆约 4 公里，现已建成清凉山公园，园内树木葱郁，地势陡峭。主要古迹有清凉寺、崇正书院、扫叶楼、驻马坡、翠微园等。

清凉寺位于清凉山南麓，前身是五代十国时期杨吴顺义三年（921 年）权臣徐温始建的兴教寺。南唐升元元年（937 年），南唐烈祖李昇在此避暑纳凉，改寺名为"石头清凉大道场"。石头山从此时起又称清凉山。至明代建文四年（1402 年）重建，改额为"清凉陟寺"。该寺当时规模甚大，基址占地 20 亩。

清凉山上松竹繁茂，篁即竹也。本联的大意是，山前有秦淮河，水波不兴，有如明镜。入夜，明月印在如镜的秦淮河水上，午夜的松风竹韵越发悠扬，这是一个美丽清新宁静而富有诗情画意的清凉境界，充满了禅意。

佚名题清凉寺

四面云山朝古刹；
一天风雨送残秋。

早年，清凉山濒临长江，是古时扼守南京城的军事要点，这里常常是外敌入侵的重点突破口。清凉寺坐落在石头城边清凉山麓，视野辽阔，也见证了改朝换代、腥风血雨。"一天风雨"，暗指南京城被攻破的那些短时间的风风雨雨。"残秋"，意指摇摇欲坠的朝代。该联的大意是，四面云山朝觐清凉山，让古刹成为六朝的仙境。秋天原是美好的收获季节，却常常葬送在一天风雨中，让人深感遗憾。本联作者借古刹来写南京历史朝代的沧桑更迭，又借历史的兴亡劝世人修心信佛。

佚名题清凉寺

地亦犹人，谁云江水无情，偏生东去；
天皆有佛，今得清凉大意，即是西来。

这副对联借清凉山所处的地理环境和南京六朝的历史背景，在感慨大江东去、兴亡更迭的同时，劝人"到清凉境，生欢喜心"。认为天地之间皆有佛心法相，只要领会禅佛清凉意境，就是西方来的仙佛。天、地、人一体，世上万物皆有佛相，这正是大乘佛的经义。要悟透自然、宇宙、人生的理趣，清凉的意境，禅佛的意境是最美好的境界，要会意得来，享受得了。

胡汝嘉题弘觉寺

双塔方圆青嶂拥；
诸峰高下白云归。

胡汝嘉，生卒年不详。字懋礼，号秋宇，江苏江宁（今南京）人。

嘉靖三十二年（1553 年）进士，官编修，以书法著称。

弘觉寺位于牛首山东峰南坡，海拔标高 180.5 米，始建于唐大历九年（774 年），相传是唐代宗李豫为"感梦而筑"，后毁，现塔身是明初重建。塔高约 40 米，砖砌七层八面，每面有壶门一座，小窗两扇，雕木飞檐，造型典雅，风格古朴。此塔历经风雨浩劫而损毁，现塔身基本完好，下部已有 10 多米埋入土中，为南京地区现存最古老的一座砖塔。

此联写佛寺佛塔周围的环境，青山耸立如屏障，高低起伏的群峰中，白云缭绕。佛地美如仙境，到此顿生禅心。从"双塔方圆"可断定当时并存有两塔，一方一圆。"青嶂"、"诸峰"指牛首山脉大小山峰。青山白云之中，寺塔高耸，梵音缭绕。烘托出当年弘觉寺香火鼎盛的气氛。"诸峰高下白云归"，象征着诸峰如佛，巍然耸立，白云如水，九派来归。

佚名题燕子矶观音阁

音亦可观，方信聪明无二用；
佛何称士？须知儒释有同源。

古代耳灵为聪，目灵为明。眼、耳、鼻、舌、身五官原本各司其职，但是这里看到声音可以用目光来观测，才开始相信"耳聪目明"这个词语其实讲的是一个意思。当然你也可以理解为法力无边。"士"，士大夫也，古代有"士、农、工、商"四民四业，学以居位曰士，简单说就是儒家读书有成者。佛教里观音又被人称为"大士"。佛何以称为士？下联意思是到了这里才知道原来儒家和释家原本有着相同的渊源。说明了"观音大士"的中华缘；"家家阿弥陀，户户观世音"正是民间观音信仰流行的写照。联语作者不详，但殊有妙悟。

李渔题弘济寺观音阁

奇石作龛盛佛骨；
长江为鉴照禅心。

　　弘济寺在幕府山东，距燕子矶不到半里，始建于明洪武初年，首先是僧人久远建观音阁于此；明正统初年因阁建寺，明英宗朱祁镇赐名"弘济"。清代因避乾隆皇帝爱新觉罗·弘历（1711～1799年）的名讳，改名永济寺。该寺毁于咸丰年间太平天国战火，仅存的观音阁在"文革"中也被严重损毁，虽于1984年修复，但形制风貌与历史上的记载已大为不同。下临大江的金陵名刹弘济寺在明代葛寅亮撰写的《金陵梵刹志》中被列为"中刹"。虽不是大寺，但它的地形位置和特殊景观在金陵诸多寺庙中算是独一无二。许多文人墨客在此作画吟诗。明代诗人宗臣有《登观音山》诗："一上孤峰破大荒，吴山楚水更苍茫，云间栋迁垂天渚，江上鼋鼍吹石梁，绝壁画开风雨色，断虹秋挂薜萝长，吾将从此寻瑶草，黄鹄天风好共翔。"

　　这副联的意境在写弘济寺边名山奇石供奉佛龛舍利；长江远水如镜鉴照映禅心。作者写禅心清净寂定，自然美妙超凡。"长江为鉴"这种提法，气势阔大，意象深远。

佚名寺僧题弘济寺

　　江水滔滔，洗尽千秋人物，看闲云野鹤，万念俱空，说什么晋代衣冠，吴宫花草；
　　天风浩浩，吹开大地尘氛，倚片石危栏，一关独闭，更何须故人禄米，邻舍园蔬。

　　上联说，历代兴亡交替，千秋人物如过眼烟云，人生当如闲云野鹤，万念俱空。下联意，写天风浩浩，吹开尘世迷雾，让人清醒，闭门禅室之内，修身养性，尘氛世事，不必去问他。这副对联虽出寺僧之手，却是大家手笔。联文借用古诗词名句或用事用典，蕴涵深厚而语义清新，讴歌佛教修行场所的自然清净，现出无穷佛心禅意。

乾隆题永济寺

吴楚江山通广望；
华严楼阁总悬居。

《万历上元县志》载"观音岩怪石榴垂，苍黛参差，上接云霄，而大江自龙江关西南来，直过其下，俯案墙睨之或骇"，"观音阁依岩、就江溽而筑基，上交竖九柱皆丹。柱上棚浅构阁，阁三面皆栏杆凭之。瞰江若在楼船顶立也"。面临大江，依悬崖而筑，结构奇崛，形势壮伟，当年江水从寺下流过，气势磅礴。

乾隆南巡时题写此联，上联写登高远望，吴楚山川，江天一览，气象辽阔；下联写华严阁依崖悬空的建筑结构，从此想到华严佛界，空中楼阁，都在云中居住。文字平白易懂，但有意境和气势，不愧帝王手笔。

魁时若题半山寺

泉声常在耳；
山色不离门。

魁时若（1803～1882年），即魁玉，满洲镶红旗人。同治四年（1864年）授江宁将军。清末四大奇案中的"张文祥刺马"，就是他代署两江总督兼通商大臣时处理的。魁玉是武将，也善诗文。

　　半山寺位于南京市中山门内海军指挥学院东北角，始建于北宋元丰十年（1085年），原名"报宁禅寺"。王安石是北宋著名政治家，他与南京有着不解之缘，曾三度在江宁府（今南京）任职。北宋神宗熙宁九年（1076年），王安石变法运动失败后，他便辞去宰相职务，作为府判而退居江宁，第二年又辞去府判而"居钟山南"。辞相时，王安石选择了城外一处叫白塘的地方，这里地势低洼，积水很多。王安石请人开渠泄水，培土造屋，过起了隐居的生活。他66岁那年身患重病，宋神宗得知后即"遣国医诊视"。病愈后，王安石上书要求舍宅为寺，以祈"永远祝延圣寿"，并请宋神宗赐寺名。宋神宗同意了王安石的请求，命寺名为"报宁禅寺"，并亲书匾额。因寺地处建康白下门外七里，距钟山也是七里，正好在白下门到钟山的半道上，人称"半山寺"或"半山园"。当年的半山寺前有清溪，后有富贵山，景色宜人，泉声山色，悦耳怡神，清心爽目，是一个令人流连忘返的所在。联文平白如话，却意境无穷。

薛时雨题半山寺

　　钟阜割秀，清溪分源，咫尺接层楼，叹禁苑全虚，尚留此寺；
　　谢傅棋枰，荆公宅地，去来皆幻迹，问孤墩终古，究属何人？

　　南京钟山南麓半山园，原有一处东晋名臣谢安（字安石）留下的古迹——谢公墩。王安石到南京半山园住下后写了一首《谢公墩》诗："我名公字偶相同，我屋公墩在眼中。公去我来墩属我，不应墩姓尚随公。"因而留下了"两安石争墩"的佳话。半山园前有清溪，后靠中山，故有"钟阜割秀，清溪分源"之说。在东晋和南朝时，此地是皇家禁苑，咫尺间原是栋宇层楼，后来荒废，只留下半山寺。下联写人事沧桑，谢安是东晋的政治家、军事家，江左的风流宰相，联中借"谢傅棋枰，荆公宅地"怀古感叹。谢傅，指东晋太傅谢安。棋枰指棋盘。荆公：指王安石，因为他曾被封为荆国公。下联说，像谢安和王安石这样的名人大家都成为梦幻，两个人争石墩，你说到底属于谁，有什么意义呢？作者借此联劝世人眼界心胸要放宽，勿争地位与名利，四大皆空，万般皆幻，何必计较，但求清静无为，安闲静养，修道修身。这副对联写景、用事，抒情咏怀，纵横开阖，令人震惊感慨。上联"钟阜割秀，清溪分源"；下联"谢傅棋枰，荆公宅地"采用了本句自对的手法。联中用了谢公墩易主、王安石与谢安争墩的历史掌故，幽默风趣。

佚名题兜率寺

龙洞嘘云，西华纳雾，高处不胜寒，数八百峰峦，狮子林前狮子吼；

凤山积雪，虎凹沉烟，夕阳无限好，在三千世界，兜率寺接兜率天。

兜率寺位于江浦老山西华峰下的狮子岭上。始建于清顺治年间，曾为闻名中外的佛教圣地，惜屡遭劫难，原建筑损毁殆尽，20世纪80年代恢复重建。此联一气呵成，全用地名地貌相对，并且上下联前部分本句自对，有意境和氛围，给人以崇高神圣之感。"兜率天"，意译为妙足天、知足天、喜足天、喜乐天。在道教神话中，太上老君——李耳便住于此天兜率宫外院，以修身炼丹为事；而在佛教典籍中，此天的内院即是弥勒菩萨的弘法度生之处。为欲界六天的第四层天。释尊成佛以前，在兜率天，从天降生人间成佛。未来成佛的弥勒，也住在兜率天，将来也从兜率天下降成佛。上联的意思是云环雾绕的山峰之中，高处清寒，群峦叠嶂，狮子林中狮子奔吼。下联写在积雪沉烟处，夕阳明媚，佛教三千世界现出真如美景，兜率寺紧接兜率天，给人一种静穆、崇高、圣洁、神秘之感。

佚名题莫愁湖观音龛

湖水本无愁，狂客来须浇竹叶；
美人渺何许，化身犹自现莲花。

"狂客"，狂放不羁之人。"竹叶"，竹叶青酒。"渺"，杳渺难寻。"化身"，佛教三身之一。此联是说莫愁湖的湖水本不含愁，狂放之士不必到此借酒浇愁。莫愁女渺渺难寻，也许湖上的莲花是她的化身。作者将湖名的愁与借酒浇愁联系在一起来构思此联，再用美人与莲花来切对上联，是该联的绝妙之处。他想表达：莲花座上的观音菩萨，不正是真善美的化身吗？

戴鸿麻题愚园观音阁

观自在身，慈云莲座；
启无遮会，花雨杨枝。

戴鸿麻，生卒年不详，字盥香，号灌叟，清代人。

愚园位于南京市秦淮区，前临集庆门鸣羊街，后倚花露岗，是清人胡恩燮从明中山王徐达后裔徐傅处购得的，所以也称胡家花园，是晚清著名的江南园林，有"金陵狮子园"之称，南北长约240米，东西宽约100米，占地面积约3.36万平方米，建筑面积约3890平方米。愚园同其他江南园林一样，屡遭战火，自近代以来多有修葺，经过5年时间的修缮，2016年5月愚园正式对外开放。

"观自在"，观世音的别名，慈悲的化身，救苦救难之神。"莲座"，即莲花座、佛座。"无遮会"，无遮大会，佛教举行的布施为主要内容的法会，每五年一次。"无遮"，指宽容一切，解脱诸恶，不分贵贱、僧俗、善恶，一律平等看待。"花雨"，佛门讲经时，天雨花。"杨枝"，即杨枝水，观音净瓶中的水，是使万物复苏的甘露。此联以观音菩萨及其宝座、慈云、法雨、甘露等意象，来宣扬佛教善旨，启人智慧。

陈艾题华严庵

引大海之法流，传智灯之长焰；
承一言于先圣，受真教于上贤。

陈艾（1820 年~？），字虎臣，号勿斋，安徽石埭（今石台县）乌石船渡村人。为曾国藩幕僚，自跟随曾国藩来到金陵后，即定居于此。陈艾平时喜读书，并爱好游山玩水，金陵的名胜都留下了他的足迹。

明洪武年间，朱元璋于莫愁湖畔建功臣楼、迎宾楼，即胜棋楼传说之滥觞。其后，湖为徐家私园，又建华严庵为家庙。华严庵原来为三券廊拱门，砖木结构，拥殿宇数四十八间，庵内曾存明太祖赐匾。朱元璋赏赐的地后来成为徐家后人的花园别墅，平时他们也不怎么在这里居住。因为湖中的渔民和附近的农民会向徐达家交租，就需要有人管理，华严庵内一两个和尚充当管家代管这些工作。清朝初期，华严庵毁于火灾，胜棋楼幸免。江宁知府李尧栋修莫愁湖，建郁金堂，补筑湖心亭等。据《莫愁湖志》记载："清咸丰癸丑，洪杨攻占金陵，湖楼被毁。1864 年，两江总督曾国藩饬工重建华严庵。1871 年，清同治辛未春，曾国藩主持重修郁金堂、胜棋楼。同年六月，湖楼落成，华堂曲槛，渐复旧观。曾国藩开宴湖上，延宾客共十八人。"

"法流"，即佛法流传。"智灯"，即智慧之灯。"先圣"、"上贤"，即先前以往的圣贤。"真教"，即佛教。此联谓要让佛法像大海一样奔流涵汇；要让智慧之灯长明永光；传承以往圣贤的真言和佛法，弘扬光大佛教。联文典雅精工，一气贯穿，气势非凡，旨意高远，激励人们向贤哲圣人学习仁义智慧。

黄翼升题华严庵

翠竹黄花皆密谛；
清溪皓月照禅心。

黄翼升，生卒年不详，字昌岐，湖南长沙人，湘军将领，是清代加兵部尚书衔的七省水师提督。

"密谛"，佛法中微妙而真实的法门。"禅心"，寂定之心，静以修禅的心境。"翠竹"、"黄（菊）花"，"清溪"、"皓（明）月"，俱皆呈现出佛的神机密谛；天上水中的明月，照耀人们宁静澄明的一片禅心。此联通过富有象征意义的几样事物，渲染出佛禅的氛围，从而给人以启迪和感召。

程守谦题华严庵

静看湖莲参妙谛；
闲翻贝叶悟真经。

程守谦，生卒年不详，是清代文学家，江苏仪征人，文学家程兆栋（？～1853年）之子，足迹半天下，于所历各地民风民俗均有反映，为文平易畅达，语言洗练。

"湖莲"，指莫愁湖之中的莲花。佛与莲花相关，佛台即莲花座。"贝叶"，古时佛经书写在贝叶上，故借贝叶代指佛经。这副对联虽短，简洁明快，却蕴涵深意，希望人在闲静之中修禅读经，参透佛家真谛。得真经妙谛，借以净化心灵，升华人生。

刘佐禹题华严庵

花下聆经清有味；
水边契道静无声。

刘佐禹，生卒年不详，曾任清朝直隶州知州，跟随时任两江总督的李鸿章，担任金陵制造局的第一任总办。

在庵楼内对坐品茗时，可以一边欣赏湖石神韵，一边海阔天空；假山又似一堵影壁墙，遮挡住视线，不至于门外的喧嚣进入眼底，的确是聆经修道的好去处。"契"，修契、契合。花是清香有味的，水是寂静无声的，在这美好的环境当中，静听讲经，勤修悟道，与自然天地尽相契合。"花下聆经"还暗用"高僧说法讲经天雨花"的掌故。此联清新空灵，高雅出尘，为华严庵平添神韵。

周绍斌题华严庵

满湖水月空中相；
半夜霜钟悟后禅。

周绍斌，生卒年不详，清代人，江苏候补知州。

"满湖水月"，这里指莫愁湖满满的湖水映照着天空中的月光。"霜钟"，秋夜风霜之中清冷悠远的钟声。联文大意是，一眼望去，莫愁湖满满的湖水在月光的照耀下，如同一面明镜。由湖水与月光想到映照，水中的月亮就是天上月亮的画像。清秋半夜露水沾在植物的叶面上，寺院的钟声悠远，使人顿悟禅机佛理，置身于一片化机之中。此联写法高超，作者从水月的声光感触，到阵阵钟声的撞击，静中之动尤显宁静，清越，神清意远。

释月潭题妙相庵

四百八萧寺繁华，都付与无情烟雨；

三十六洞天缥缈，且于此小憩林泉。

释月潭，生卒年不详，清初四川僧人。自纂一书，"珍之如宝，坚不轻传"。据说被施主用计私抄其书而传之于世，即《眼科秘书》。

妙相庵建于六朝古都金陵，地处鼓楼薛家巷中。因其环境清幽，历来受到文人雅士的青睐。史载，庵内"曲槛临风，空亭枕雨，疏花雅竹，明瑟有致"，每逢梅雨季节，风流名士与墨客骚人便汇聚于此，以梅雨之水沏茶，品茶观景，吟诗作赋，情趣盎然。妙相庵现已无存。

"萧寺"，因梁武帝萧衍好佛，所以后人把佛寺叫成萧寺。"三十六洞天"，据说神仙居的三十六处名山洞府为三十六洞天。上联化用杜牧"南朝四百八十寺，多少楼台烟雨中"的诗句，叙说佛寺的沧桑变化。下联是说幸喜此处烟霞与三十六洞天相连，我当在这里休憩，领赏林泉佳气。烟云风雨无情，山水林泉有趣。佛地仙乡，何必舍近求远，有此一片清静之所，得以休憩修养足矣。

佚名题妙相庵

半个蒲团天地老；

一声清磬古今空。

妙相庵环境清幽，每逢梅雨时节，文人雅士相聚在这里观景品梅水茶，别有情趣。太平天国期间，妙相庵曾经被天王洪秀全下诏，一度被划为天王府御花园。即便是这样的佛门清净之地，也免不了历经沧桑巨变。"蒲团"是用蒲草编成的圆形垫子，多为僧人信徒坐禅和跪拜所用。"磬"为寺庙的石质打击乐器，声音清越悠远。此联意指要有长久坐禅修行的决心，直到天荒地老，伴和钟磬清音，把尘嚣世事看淡，古往今来看空，自然禅心寂定。一个老"字"，一个"空"字，天地古今时空尽在，既有一丝豪气在其中，更多确是佛相空明，励人醒悟。

佚名题南明寺

波暖尘香，看曲槛萦红，檐牙飞翠；
醉轻梦短，在灯前倚枕，雨夜当炉。

南明寺在高淳。"曲槛萦红，檐牙飞翠"，出自宋代词人姜夔《翠楼吟》"层楼高峙，看槛曲萦红，檐牙飞翠"。这三句大意是：那楼层层叠叠高高耸立，红色的栏杆弯曲萦绕，翠色的檐牙高高翘起，像要展翅腾飞。此联说的意思是，春天的水色山光、红花绿柳都醉人，但总是短暂的。不如灯前雨夜，当炉坐禅，倚枕念经。联文采取本句自对的手法，"波暖"对"尘香"，"醉轻"对"梦短"，"曲槛"对"檐牙"，"萦红"对"飞翠"，"灯前"对"雨夜"，"倚枕"对"当炉"，诗意盎然，形象鲜明生动，人生如春光春色春景醉人，但也如春梦苦短。尘世间的种种诱惑抛开，进入到"灯前倚枕，雨夜当炉"禅的境界，自然就会从容淡定，气定神闲，淡泊名利，远离是非，静自修身养性，自可福慧双修，延年益寿。

胡齐佳题玉泉寺

玉磬金钟敲佛地；
泉声松韵锁禅门。

胡齐佳，生卒年不详，清代高淳县东坝人，是中山胡氏二十六世孙，也是中山胡氏宗谱十三修的主修，曾代表高淳孔教协会到曲阜去祭孔。玉泉寺在高淳花山，始建于宋，因山泉穿寺而过，故得名。明崇祯年间增建庵堂，清康、乾两朝增修，现留存大殿五间。玉泉寺之所以闻名，与奇花白牡丹有关，每年花期，游人如织。此联写佛地禅门的环境氛围，泉声流韵，松涛阵阵，玉磬金钟，声声入耳，自然界的松泉声和佛寺的钟磬声合成为一片天籁，让人清心怡神，禅意盎然。此联亦为嵌名联，上下联首字镶嵌"玉"、"泉"二字，工整自然妥帖，富有诗意韵味。

施文熙题保圣寺

象教重施舍，将依我佛幽栖，三藐三空，色相庄严焕异彩；
龙域今卓锡，犹怅蜀僧远去，一瓶一钵，沧桑因果话前尘。

保圣寺在高淳双塔乡，始建于唐贞元十七年，原名龙华寺。北宋大中祥符年间改今名。寺后浮屠，建于东吴赤乌年间，有1700多年历史，俗称四方宝塔，为高淳四宝之一（其他三宝：一字街、倒栽柏树及花山玉泉寺白牡丹）。

"象教"，即佛教。"三藐三空"，即"三藐三菩提"。"色相"，指万物的形貌。"卓锡"，植立锡杖。"蜀僧远去，一瓶一钵"，蜀僧往南海故事，参见彭淑端《为学》。此联谓佛教重布施捐募。为了佛菩萨能安详地在此久驻，三藐三菩提等庄严的法相在此焕发异彩，龙城佛法弘扬，可惜蜀僧当年离此远去，一瓶一钵云游他乡。看到沧桑变化，来往行踪，前因后果都是注定的了。

王嘉宾题龙华寺

龙德昭彰，须秉纲独断，力拔云雾开日月；
华基永固，正天道好还，痛除弊政定乾坤。

王嘉宾（1866～1913年），南京高淳下坝王家村人，15岁考中秀才，后来，他先后6次参加举人考试，均未中。但他仍然信心十足，28岁终于中解元。王嘉宾30岁时担任高淳县学山书院主讲，经他两年教学，当地文风为之大变。40岁时，他当选为江苏省咨议局议员。清光绪三十二年（1906年），高淳遭水患，王嘉宾以咨议员的身份向省呈上《高淳水利议案理由书》，为民请愿。同时，他四出求援，赈济无数灾民。清末参加康梁维新运动，失败后与黄炎培、储南强等人参加同盟会。辛亥革命兴起，他和童铭新等人带头剪辫子，率众捣毁县衙。并在东坝、下坝等地组织商团、民团，昼夜巡逻，维持地方治安。民国建立后，王嘉宾被选任省参议员。他在议会中提出"裁厘认捐"、"疏浚胭脂河"等议案，关系国计民生，得到社会各方面的重视。不久，又被选为北京政府参议员。入京数月，因病返乡，不久病故，年仅48岁。

龙华寺在高淳。"龙德"，圣人之德、天子之德。"天道好还"，谓天道循环，报应不爽。"弊政"，不良的政治、腐败的政治。此联嵌"龙"、"华"二字，既是佛寺弘扬佛法，伸张正义的宣言；也是关心国家，兴利除弊，奉行天道，呼唤新天丽日的政治联。"龙德昭彰"、"华基永固"正是对龙的故乡、中华民族和国家的美好祝愿。

佚名题安隐寺

定静始能安，此地灯传僧共慧；
禅林皆可隐，是谁心与佛同空。

安隐寺原在南京雨花台任家山，今已不存。

此联为嵌名联，嵌"安"、"隐"二字。"定静"，即禅定。"灯传"，即传灯，将佛法一代一代地传下去。"禅林"，指寺院。此联阐明佛教"定"与"静"的含义。"定"为三学或六度之一，谓心专注于一境而不散乱。"静"亦为清净。禅林清净，世人皆可来此隐居，但究竟几人的心境能与佛一样空明呢？

陈义经题栖霞寺

教有万法，体性无殊，不可取法舍法，非非法；
佛本一乘，根源自别，故说下乘中乘，上上乘。

陈义经（1914～2007年），他八岁读私塾，少年时便写得一手好字，在继承传统书法的基础上，创造了一种新字体，被书法学界称为"陈体"。因为这种字体是以北碑《泰山石峪金刚经》为基础发展而来，又称"金刚陈体"。全国不少名胜古迹之匾牌、楹联、诗碑出自其手笔。1946年，国民政府还都南京请陈义经题名"总统府"这3个大字，保留至今。

这是一副嵌"佛教"二字的嵌名联。联意为：教诲的方法有成千上万，但其根本的本质特性并无区别，不能取此法而舍彼法，也并非无法可取。佛原本是引导教化一切众生成佛的唯一方法或途径。但根源不同，境界也不同。声闻乘为下乘，缘觉乘为中乘，菩萨乘为上乘。我们应追求上上乘的境界。

哀挽联

哀挽联，又称挽联，是哀悼死者、治丧祭祀时专用的对联。联文一般会涉及逝者的生平、成绩和美德，以及他的死亡对后人的影响等，是对死人哀悼，也是对活人的慰勉。创作上要求言简意赅，一语千韵，使人过目难忘。

朱元璋挽马皇后

宝瑟无声弦柱绝；
瑶台有月镜妆空。

朱元璋皇后姓马，出身贫贱，从小没念过书。她相随丈夫南征北战，利用空闲时间，求人教书认字，学到不少文化。她很有见识，特别是对于朱元璋夺得江山、治理国事和任用文武大臣问题上有独特、精辟、深刻的见解。一次朱元璋欲封马皇后娘家亲戚为高官，马皇后严加阻止，说："妾家亲戚未必是有用之才，若封非才而官之，非妾所愿也。"朱元璋做了皇帝，左右大臣纷纷将珠宝玉帛进贡，朱不禁见财眼开。马皇后劝说："财宝非真正之宝，贤才才是宝中之宝，国之根基。"因此，朱元璋平时对马皇后非常倚重。洪武十五年（公元1383年）八月，马皇后病逝，朱元璋悲痛欲绝，为悼念这位贤德的皇后，他特地撰此挽联。"宝瑟"，指琴瑟，乐器。古人常用琴瑟调和喻夫妻恩爱。"弦柱绝"，表示妻子逝世。如丈夫再婚就叫"续弦"。联意为：这么精美的乐器，今天怎么弹不出音调？哦，原来是琴上的弦柱断了。天上神仙们居住的瑶台，一轮明月耀空，可是梳妆台的妆具都没有了（喻马皇后去世），怎么对月梳妆呢？真叫人悲痛欲绝啊！

李渔自挽联

倘若魂升于天，问先世长吉仙人，作赋玉楼，到底是何笔墨；
漫云逝者至矣，想吾家白头老子，藏身母腹，于今始出胞胎。

这是李渔生前为自己写的挽联，联意为：假如我死了，灵魂升上了天堂，见到本家前辈、唐代大诗人李贺（字长吉），我要问问他当时玉帝召他上天为刚盖好的玉楼修记时，他用的是什么样的笔、什么样的墨？

不要说人是因为老了才会死，想想我们李家的老子（李耳），藏在母亲腹中多少年，等他刚出生时就已经是满头白发了。

袁枚挽童钰

到处推袁，知君雅抱千秋鉴；
特来访戴，恨我偏迟十日期。

童钰（1721～1782年），清代书画家、藏书家。字璞岩，别号梅道人，浙江绍兴人。少年时专攻诗、古文，因之放弃举子学业。与同乡刘文蔚等七人结文学社，号"越中七子"。家藏各类图书数万卷，有传世梅花画作藏于广东省博物馆、浙江西泠印社及江苏省扬州市博物馆等处。倾慕当时文坛领袖袁枚而一直未相见。去世后，袁枚为其整理诗稿，编为十二集。惺惺相惜之情，于此可见一斑。

"访戴"，东晋时王羲之之子王徽之（子猷），与音乐家、雕刻家戴逵是好友。王居山阴（绍兴），于大雪夜忽忆戴，即乘轻舟去戴居处剡溪，至戴门前便返。人问其故，曰："吾本乘兴而来，兴尽而返，何必见戴？"后来用作访友之词。联意为：先生您到处逢人说项，推崇我袁枚，从这里就能知道您的雅量和怀抱，就像一面光耀千秋的明镜，表里如一。我今天想模仿东晋王徽之"雪夜访戴"的故事，来拜见您，可惜迟了十天，您已跨鹤骑鲸而仙逝了。

袁枚挽名医徐爽亭

过九秩而考终，自古名医，都称上寿；
痛三号而未已，伤吾老友，更失诗人。

南京（清时称江宁）有儿科名医徐爽亭，医术高明，且能诗作文。一次，袁枚的小女病危，被认为已无回天之力。但后由徐爽亭诊治，竟然奇迹般治愈。袁徐由此往来甚密，唱和应答。徐后来寿至九十余而终。袁亲撰此挽联。"九秩"即九十岁。"考"，寿考。"上寿"，高寿。"三号"，屡次再三地号啕大哭。这副挽联哀而不伤，既缅怀了朋友，又赞颂了名医寿考。虽然是副挽联，但缅怀中不失一份旷达、幽默、睿智。

梁同书挽袁枚

瀛海度金针，二十三科前进士；
仓山埋玉骨，一千余树古梅香。

梁同书（1723～1815年），浙江杭州人，清代书法家，官至翰林院侍讲。初学颜真卿、柳公权，后兼采苏轼、米芾笔法，以羊毫笔作大字。

袁枚诗今存四千余首，有《小仓山房诗文集》八十二卷，另有《随园诗话》及笔记小说《子不语》等。袁枚还广收徒弟，晚年女徒弟众多。他常带着徒弟们游山玩水，搞笔会，以这种方式来传授诗文。

"瀛海"，浩瀚的海洋，此指知识的海洋。"金针"，即金针度人。金代元好问诗："鸳鸯绣了从教看，莫把金针度与人。"后称授人某种技术的诀窍为金针度人。下联交代了袁枚安葬在小仓山，山上千余株梅花，让他逝后也能闻到梅的香味。

林则徐挽陶澍

大度领江淮，宠辱胥忘，美谥终凭公论定；
前型重山斗，步趋靡及，遗章惭负替人期。

陶澍（1779～1836年），湖南安化人，嘉庆进士，道光时任两江总督加太子少保，兼管盐政。他督办海运，整理淮北盐务，筹划安徽荒政，疏浚吴淞江、浏河以泄太湖诸水，著有《印心石屋诗文集》《陶渊明集辑注》等。

"前型"，即表率。"山斗"，指泰山、北斗。"遗章"，陶遗疏中有"林则徐才识十倍于臣"之语。"替人"，接替之人。联意为：您以博大的胸怀和度量，统领着江淮军政，为了国家的利益，早把宠辱忘在脑后，您的谥号"文毅"，那是被所有人公认的。您为后人做出的表率重于泰山、光耀北斗，我是怎样也难以企及，更何况您在遗疏中要我来接替您的事业呢？

佚名挽温绍厚

不请兵，不请饷，不请功，以一旅之师，御四围强寇，铁铮铮好男子；
或死忠，或死节，或死孝，举全家骨肉，殉满县生灵，风惨惨有余哀。

温绍厚（？～1853年），清江宁知府。1853年太平军破金陵城之际，知府已被太平军包围，左右劝其突围出奔。温挥泪曰："城中数万生命恃吾等为存亡，奈何去之？"城破，投水死，其妻与子亦死。

联意为：不要援兵，也不要加军饷，更不要请功邀赏，以区区一旅之兵，抗拒四面围城的强敌，真是一个铁骨铮铮好汉。说死于忠心也好，死于气节也好，死于孝道也好，用一家人的生命，为全城老百姓殉葬，这惨兮兮的风声啊，还带着未尽的哀伤。

魏源挽龚自珍

天下谓奇人，骂座每闻惊世论；
文坛摧异帜，剪窗犹忆切磋时。

龚自珍（1791～1841年），浙江仁和人，道光九年进士，官至礼部主事。才气过人，博览群书。其文沉博，出入诸子百家。诗不主格律家教，皆卓然可观。道光十九年乞退休归里，后就任丹阳云阳书院讲席，卒于书院。著有《定庵诗文集》等，其《己亥杂诗》中名句"我劝天公重抖擞，不拘一格降人才"，"落红不是无情物，化作春泥更护花"皆可传世。

"骂座"，喻不同政见，指其叛逆精神。"异帜"，指独树一帜。"剪窗"，典自唐李商隐诗句"何当共剪西窗烛，却话巴山夜雨时"，喻诗友切磋。联意为：四海之内都说您是个奇人，经常能听到您不同一般的言论。当今的文坛，因为您的去世而倒下了一面有独立风格的旗帜。我至今还在回忆俩人在西窗之下切磋诗文的美好时光。

何绍基挽魏源

烟雨漫湖山，佳壤初封，千古儒林凭吊奠；
姓名留宇宙，遗篇在案，几行泣泪点斑斓。

何绍基（1799～1873年），字子贞，号东洲，湖南道县人。晚清诗人、画家、书法家。出身书香、官宦门第（其父何凌汉曾任户部尚书），道光十六年进士，官任编修，曾任四川学政。勤奋好学、博览群书，书法自成一家，著称于世。一门兄弟四人皆习文善书，当时人称"何氏四杰"，家中藏书至十余万卷。

联意为：今天来吊唁先生，正值满天烟雨，朦朦胧胧，而您的墓穴刚刚封好土，您这样一位千古儒林饱学之士，长眠在此，供大家来凭吊、缅怀。您的大名将永垂青史，长留天地之间，你遗留下来的诗文稿件，还摆在我的案头。看到它们，睹物思人，不禁悲从中来，任由泪花洒满一地，点点斑斓。

左宗棠挽曾国藩

知人之明，谋国之忠，自愧不如元辅；
攻金以砺，磨石以错，相期无负平生。

左宗棠（1812～1885年），湖南湘阴人，举人出身，清末洋务派首领。1862年任浙江巡抚，1866年任陕甘总督。1875年督办新疆军务，收复乌鲁木齐、和田等地，阻遏了沙俄对新疆的侵略。1881年任军机大臣，调两江总督。中法战争时督办福建军务。有《左文襄公全集》存世。

"元辅"，贡献巨大举足轻重的辅臣。"砺"，磨刀石。"错"，磨玉的粗石。联意为：说到对部属的了解和量才任用，为国家谋前途的赤忠之心，我左宗棠是无论如何不及您这位对国家有巨大贡献的辅宰。回想我们在一起相处的日子，互相取长补短，虚心改正自己的错误，真不辜负我俩相识一场。

俞樾挽薛慰农

湖西泠讲席相联，十里湖山两坛坫；
看南国甘棠犹在，千秋循吏一诗人。

薛慰农，号时雨，曾任杭州太守，兼督粮道，代行布政，辞职后主崇文书院讲席，与俞樾所主诂经精舍遥相望。不久后移席金陵（今南京）

尊经书院，常以诗酒自娱，精通楹联艺术，传世佳联颇多。

"坛坫"，盟会之场所。"甘棠"，木名，也称棠树。传说周武王时，召伯巡行南国，曾憩甘棠树下，后人思其德，作《甘棠》诗。后用作为称颂官吏政绩之词。"循吏"，奉公守法的官吏。联意为：回想往事，在西子湖畔，您主讲的崇文书院与我的诂经精舍相隔不远，十里的湖山之间，有两个学术重地。您在杭州任职期间，为社会做了许多好事，历史会永远记住您这个好官兼诗人！

黄鹏年挽曾纪泽

海外有功，朝端有望；
名父之子，命世之英。

黄鹏年（1824 ～ 1890 年），字子寿，贵州省贵筑（今贵阳）人。道光二十五年进士，授翰林院编修，官至江苏布政使（专管一省财赋、民政，从二品官），曾掌教关中书院、保定莲池书院等。在任时严惩贪官污吏，赈济灾荒，减轻百姓负担，积极发展教育事业。著有《三省边防考略》《金沙江考略》等。

曾纪泽（1839 ～ 1890 年），曾国藩长子，袭父一等毅勇侯爵位，通经史，工诗文，并精算数。受洋务运动影响，熟悉英、法、德语，研究西方文化。曾出使英法，并兼驻俄公使。1881 年代表清政府与俄国谈判，据理力争，迫使俄重新修订《中俄伊犁条约》。中法战争时主抗法。

"朝端"，朝廷。"命世"，名世，即闻名于世。联意为：你出使海外，为国保尊严，我们清政府有你这样的人才，是有希望再振兴起来的。况且你是大名鼎鼎的曾国藩之公子，是闻名于世的英才呢！

两江师范全体挽张之洞

前文襄功在西陲，后文襄功在南服；

新学界公推巨子，旧学界公推元勋。

"前文襄"，左宗棠，曾任陕甘总督、钦差大臣督办新疆军务。大举出兵，击败俄英支持的阿古柏侵略军，收复除伊犁以外的天山南北各地，并加强边防，开发新疆。"后文襄"，指张之洞。"南服"，周代制度，以土地距国都远近分为五服，南方叫南服。"新学"，指西学。"旧学"，指中学。联意为：左宗棠立功在新疆，您张之洞立功在南方。您博学多才，提倡"旧学为体，新学为用"，所以您在西学方面被推为巨子，在中学方面被尊为元勋。

王葆辰挽沈葆桢

内端心学，外备边防，遗疏独拳拳，抱半壁忧患，病榻弥留谋国远；

作吏耐贫，课功责实，手书常娓娓，颂先人恺谊，孤儿涕泪受恩多。

王葆辰（1875～1908年），福建侯官（今福州）人，清光绪年举人，擅长书画鉴定，博古通文。

沈葆桢（1820～1879年），福建侯官（今福州）人，清道光进士。咸丰五年（1856年）任九江知府。1861年升江西巡抚。1875年任两江总督兼南洋通商大臣，参与经营轮船招商局，并派船政学堂学生赴英法留学。有《沈文肃公政书》传世。

"心学"，宋明理学的一个流派。保持心境的清静纯一。"课功"，考核工作。联意为：您能持一颗清纯的心，去尽力保卫边防，在遗疏中犹念念不忘国家安危。您做官是一个清官，您考核下属工作落到实处，与人书信常谆谆教导。我怀念着您对我这个孤儿的恩情，不禁潸然泪下。

孙中山挽徐锡麟

丹心一点祭余肉；
白骨三年死后香。

徐锡麟（1873～1907年），浙江绍兴人，近代民主革命烈士。1903年游历日本，次年在上海参加光复会。1905年在绍兴办大通学堂。次年，为在清政府内进行革命活动，捐资为道员，赴安徽试用，任巡警处会办兼巡警学堂监督。1907年与秋瑾准备在皖浙两省同时起义。7月6日，在安庆枪杀清安徽巡抚恩铭，引发《光复军告示》，率巡警学堂学生攻占军械局，起义失败后被捕英勇就义。"余肉"，指徐锡麟被捕后，被恩铭的妻妾及手下兵勇开膛剖腹挖心，所以称"余肉"。

孙中山挽秋瑾

江户矢丹忱，感君首赞同盟会；
轩亭洒碧血，愧我今招侠女魂。

秋瑾（1879～1907年），号竞雄，别署鉴湖女侠，浙江绍兴人，近代民主革命烈士。1904年赴日本留学，次年先后参加光复会和同盟会。1906年为反对日本取缔留学生而回国，在上海创刊《中国女报》，提倡女权，宣传革命。1907年回绍兴主持大通学堂，联络金华、兰溪等地会党，组织光复军，与徐锡麟分头准备皖浙两省起义。7月徐锡麟刺杀恩铭，起义失败，清政府发现两省之间的联系，派军队包围大通学堂，她被捕不屈，7月15日就义于绍兴轩亭口。

"江户"，日本东京旧称。"同盟会"，中国第一个资产阶级民主政党，1905年成立于日本东京，公推孙中山为总理。秋瑾为最早加入者之一，任同盟会浙江地区主盟。"矢"，即"誓"字。"丹忱"，即丹心。联意为：

还记得当年在东京，您誓志一片丹心，支持并加入了同盟会。您大义凛然，一腔热血洒在绍兴轩亭口，今天我在这里为您这位鉴湖女侠祭奠，魂兮归来！

孙中山挽临时政府海军总长黄钟英

尽力民国最多，缔造艰难，回首思南都俦侣；
屈指将才有几？老成凋谢，伤心问东亚海权。

黄钟英（1869～1912年），原名建勋，福建长乐县人。原为晚清海军将领，1907年兼海军部参议。1911年辛亥革命，他毅然率部在江西九江起义，南京国民政府成立，任命他为海军总长兼总司令，授海军上将衔。他决心鼎革，振兴海军，夜以继日，废寝忘食地工作，终因积劳成疾，同年12月4日病逝于广州。

此联意为：先生您于艰难困苦中，戮力革命，为建立中华民国可谓是出力最多之人，现在您骑鲸跨鹤而去，不禁回想起在首都南京时，我们都堪称是志同道合的好朋友。现在少年老成的您远离我们去了。我屈指数一下，像您这样的将才还能有几位呢？更令人伤心的是从此以后，更有谁能向广袤的东亚海洋声明、主张我们中华民国的海洋权力呢？

此联写得大气且得体，更符合楹联创作的两大要素：既有共性（挽联），又有个性（专写黄钟英，联语符合身份）；联中词语对仗也符合联律，如"尽力"对"屈指"，"最多"对"有几"，"艰难"对"凋谢"，"回首"对"伤心"，"思"对"问"，"南都"对"东亚"等等，其中内涵足可抵上一长篇祭文。

孙中山挽宋教仁

三尺剑，万言书，美雨欧风志不磨，天地有正气，豪杰自牢笼，数十年季子舌锋，效庄生索笔；

五丈原，一抔土，卧龙跃马今何在，冠盖满京华，斯人独憔悴，洒几点苌弘血泪，向屈子招魂。

宋教仁（1882～1913年），号渔父，近代资产阶级革命家。协助孙中山建立中国同盟会，任检事长。民国成立后任法制院院长，提出"责任内阁制"和政党政治，以限制袁世凯专权。1913年3月20日被袁世凯派特务暗杀于上海火车站。

"万言书"，1907年4月，宋教仁到东北联络"义军"时，侦知日本拟侵占延吉地区，于是著《间岛问题》一书，以大量确凿证据说明延吉地区自古属于中国。"美雨欧风"，泛指西方国家的思想政治影响。"牢笼"，笼络之意。"季子"，战国时纵横家苏秦。主张"合众弱以攻一强"，即齐楚燕韩赵魏联成一体，以对抗另一纵横家张仪的"事一强以攻众弱"策略。"舌锋"，言辞锋利，能说会道。"庄生"，即庄周，也称庄子，道家创始人之一，与老聃（老子）合称"老庄"，为战国时期著名的思想家、文学家，代表作为《庄子》。"五丈原"，在陕西岐山县南，宝鸡县东，三国时蜀相诸葛亮病逝于此。"一抔土"，即坟墓。一抔即一捧。《史记·张释之传》："假令愚民取长陵一抔土，陛下何以加其法乎？"长陵是汉高祖刘邦之陵墓，后称陵墓为一抔土。"卧龙"，诸葛亮出仕前隐居南阳之卧龙岗，此指诸葛亮。"冠盖"，指仕官的官服、车盖，代指官吏。"京华"，即京城。"憔悴"，本指形容枯槁，此处指死亡。"苌弘"，周代周灵王臣子，因受诬陷被放逐归蜀，他心怀怨愤而剖腹自杀，血被收藏起来，三年后化为碧玉。后以此典形容忠义之士坚持道义，尽忠守节而死。

孙中山挽龚炼百父子

可怜麟凤共炰脯；
如此江山待袚除。

龚炼百，生卒年不详，革命党人，被清政府逮捕杀害并剖腹挖心，其父因痛子而亡。

"麟凤"，传说中的珍异动物麒麟与凤凰，比喻品德高尚之人。"炰"，烹煮。"脯"干肉。"袚除"，古代风俗，为除灾去邪而举行的一种仪式，在此用作使纯洁之意。联意为：真可怜啊！这样品格高尚的人，竟然被那些刽子手剖腹挖心，天理何在？像这样腐败邪恶的社会，我们要尽快将它推翻，建设一个三民主义的新共和社会。

孙中山挽黄兴

长恨随陆无武，绛灌无文，纵九等论交到古人，此才不易；
试问夷惠谁贤，彭殇谁寿，只十载同盟有今日，后死何堪。

"随陆"，汉高祖刘邦谋臣随何、陆贾。"绛灌"，刘邦武将绛侯周勃、灌婴。"九等"，为魏晋南北朝时官吏选拔制度。分为上上、上中、上下，中上、中中、中下，下上、下中、下下共九等。"夷惠"，"夷"即伯夷，商代孤竹君之子，为让其弟叔齐继王位而逃亡他国；"惠"即柳下惠，春秋时鲁国大夫展禽，因食邑柳下，谥惠，故名柳下惠，为官任劳任怨，以贤能著称，孟子称之曰"圣之和"。"彭殇"，即古代传说中享年八百的彭祖和短命夭折的殇子。联意为：我长恨随何、陆贾能文不能武，又恨周勃、灌婴能武不能文，哪怕寻遍古往今来，像您这样能文能武的大才实在是不可多得。试问伯夷、柳下惠谁更贤能，彭祖、殇子谁更长寿？在同盟会十年期间，不期有今天，使我们失去了像伯夷、柳下惠一样贤能却短寿的您，真让我们这些后死之人伤心！

孙中山挽蔡锷

平生慷慨班都护；
万里间关马伏波。

蔡锷（1882 ～ 1916 年），字松坡，湖南邵阳人。留学日本士官学校，1904 年归国，在江西、湖南、广西训练新军，后在昆明响应武昌起义，任云南都督。1913 年被袁世凯调入北平，严加监视。1915 年与梁启超策划反袁，潜出北平，在云南组织护国军起兵讨袁。袁死后任四川督军兼省长，因病赴日本就医，不治逝世。有《蔡东坡先生遗集》。

"班都护"，即东汉名将班超。汉永平三年任西域都护，经营西域多年，巩固了汉朝在西域的统治。"马伏波"，即东汉名将马援。汉建武十七年任伏波将军，曾率军西击先零羌，功勋卓著。"间关"，喻道路崎岖难行。《后汉书·马援传》："投自西州，钦慕圣义，间关险难，触冒万死。"联意为：您这一生，就像慷慨大义的将军班超为国家尽力，又像历尽千难万险，率兵万里保卫国家的伏波将军马援。

杭州陆军士官挽护法战争中南京阵亡将士

大丈夫当马革裹尸，为国为民，死如不死；
好湖山与鬼雄埋骨，来歆来格，神乎其神。

护法战争，法指的是 1912 年 3 月通过的《中华民国临时约法》，它是中国宪政史上首部宪法，它是用法律形式确定在中国实行民主共和制度，规定了"中华民国人民一律平等，无种族、阶级、宗教之区别"，"人民有人身、居住、财产、言论、出版、集会、结社、通信、信仰等的自由，有请愿、选举和被选举的权利"。但北洋军阀段祺瑞政府自认是"再造共和"，重组国会，孙中山对此坚决反对，于1917年7月提出拥护"约法"，恢复国会的主张，率驻沪海军到广州组织护法军政府，孙被选为大元帅。1918年桂系军阀陆荣廷排挤孙中山，孙去职。护法军政府遂成南方军阀政权，向北洋军阀靠拢，酝酿南北议和。

"歆"，指鬼神享受祭品、香火。"格"，感通。联意为：好男儿应战死疆场，为了国家和人民虽死犹生。这样大好的河山，作为英雄的埋骨之地，各位英雄，你们的英魂我们当成神来祭奠。

黎元洪挽孙中山

江汉启元戎，仗公同定共和局；
乾坤试四顾，旷世谁为建设才。

黎元洪（1864～1928年），湖北黄陂人，北洋水师学堂毕业。1911年武昌起义后，出任军政府鄂军大都督，南京临时政府成立时当选为副总统。1914年袁世凯解散国会，设参政院，被任为院长。袁死后，由副总统继任大总统。后与国务总理段祺瑞产生矛盾，段利用张勋将其驱走，由冯国璋代理大总统。1922年直系军阀支持其复任总统，次年又被驱走，后逝世于天津。

联意为：因为有您的领导，辛亥革命得以成功。我们大家跟随着您，肇开了共和之局面。现在我们再四顾天下，没有谁能有您这样具备推翻旧帝制、创建新社会的才能。

陈伯陶挽张之洞

继中兴名佐独有千秋，自是我朝真宰相；
合天下学人同声一哭，岂徒垂老小门生。

陈伯陶（1854～1930年），广东东莞人，清末探花，授翰林院编修、文渊阁校理等。曾出任云南、贵州、山东三省乡试副主考官，后在南京创办学习外语方言学堂——暨南学堂。宣统二年（1910年）辞官归里，次年又任广东教育总会长。

"名佐"，有名的辅臣。联意为：您在军政界继承了中兴名臣的丰功伟业，您自然就是我们清朝真正的辅宰。您的逝世，令天下的学子都为之痛哭失声，又岂止是我这个垂垂老者、您昔日的小门生呢？

丁戊君挽张之洞

立学遍蜀粤楚吴，刊书一万卷；
为政继胡曾左李，炳誉独千秋。

丁戊君，名、生卒、迹均不详。

"胡曾左李"，胡林翼、曾国藩、左宗棠、李鸿章四位清廷重臣。"炳誉"，声名显赫。上联意为：您在四川、广东、湖南、江苏各地创立新学，提倡"旧学为体，新学为用"，编书何止万卷？旧学，即中国传统文化国学，包括文（词章之学）、史（考据之学）、哲（义理之学），它是一个封建文人士大夫的立身之本。新学，指明代以后从西方国家输入的资本主义文化，很适合改良、洋务派人士用来学习效仿国外先进经验，以强大中国。下联意为：在军政方面，您继承了胡林翼、曾国藩、左宗棠、李鸿章等人的事业，终究会彪炳史册啊！此联对仗工稳，形对意联，遣词造句精当。如上联"蜀粤楚吴"四字属并列结构，下联即以"胡曾左李"四字也同属并列结构对上。作者匠心，于此可见一斑。

谭延闿挽孙中山

旭日丽中天，数千古英雄，孰堪匹敌；

大星沉朔野，率三湘弟子，共读元戎。

谭延闿（1880～1930年），号无畏，湖南茶陵人。能文能武，堪称全才。少时即有"三湘才子"之称。1907年组织湖南宪政公会，成为湖南立宪派首脑人物。辛亥革命时参与革命，长沙光复后，三任湖南都督。1912年加入国民党，袁世凯死后，任湖南省长兼督军，积极追随孙中山，赴广州任大元帅府内政部长。曾任南京国民党政府主席、行政院长等职。1930年病逝于南京。

"朔野"，北方，指北平。上联言孙中山功绩如中天丽日，千古以来的英雄有谁能与之匹敌？下联言孙中山是一颗巨星陨落在北平，我要率三湘人民，好好向先生学习。

杨度挽孙中山

英雄作事无他，只坚忍一心，能成世界能成我；

自古成功有几，正疮痍满目，半哭苍生半哭公。

此联意为：英雄做大事业，能摒弃一切，只要抱着一颗坚忍不拔的赤子之心，就能造就一个新世界，也在其间造就了自己。自古以来，做大事业能成功有几个人呢？而您成功了！现在您不在了，而眼下社会百废待举，我既为天下百姓的遭遇而哭，又为您的逝世而悲哀！

章炳麟挽孙中山

洪以甲子灭，公以乙丑殂，六十年间成败异；

生袭中山称，死傍孝陵葬，一匡天下古今同。

  章炳麟（1869 ~ 1936 年），号太炎，浙江余姚人，近代民主革命家、思想家。1904 年与蔡元培发起成立光复会。1906 年参加同盟会。1917 年参加护法军政府任秘书长，在文学、史学、语言文学等方面贡献很大。

  此联意为：洪秀全之太平天国运动于 1864 年被消灭（甲子年），而孙中山先生革命取得胜利后于 1925 年逝世（乙丑年）。这六十年间，失败和成功怎么会有这么大的区别呢？孙中山生时以中山为名（本名孙文），逝世后依傍着朱元璋的明孝陵埋葬，他们二位都是一匡天下的英雄，这一点是多么相似啊！

章炳麟挽南京光复烈士

群盗鼠窃狗偷，死者不瞑目；

此地龙盘虎踞，古人之虚言。

  这副挽联，道出了一段历史事实：千千万万的志士仁人，为推翻帝制、建立共和前赴后继，献出了自己宝贵的生命，终于建成了中华民国。但这个新生的政权只不过维持了短短的几个月时间，随着南北议和、张勋复辟等时局变化，多灾多难的中华大地，一度又陷入混乱局面。

陈三立挽郭嵩焘

孤愤塞五洲之间，众醉独醒，终古行吟依屈子；

抗心在三代以上，高文醇意，一时绝学并船山。

郭嵩焘（1818～1891年），号云仙，湖南湘阴人。清道光二十七年（1847年）进士，为人清廉方正、严于律己，自幼饱习诗书，有股肱之才。曾任两淮盐运使、广东巡抚等职。被荐入值咸丰皇帝南书房，劝说曾国藩兴团练、建湘军，为湘军创建者之一。1875年任驻英国公使，1878年又兼驻法国使节。因才而遭人忌、排挤，淡出官场，1891年逝世。

"船山"，指王船山，是明末杰出的思想家、哲学家。他与顾炎武、黄宗羲并称明清之际三大思想家。其著有《周易外传》《黄书》《尚书引义》《永历实录》《春秋世论》《噩梦》《读通鉴论》等书。此联意为：您一生为国为民做了多少贡献，孰知"木秀于林，风必摧之"，受到小人的诽谤、挤对，巨大的孤独和悲愤之情，可以将这世界空间塞满，众人皆醉而您非常清醒，一直就像大诗人屈原那样泽畔行吟，向老天诉说您的抱负和遭受的不公。尽管这样，您还是以古人自期许，高尚其志，您美好的文章和诗歌，那深沉淳厚的意境，真可以比得上大儒王船山了。

陈三立挽陆润庠

广逍遥游，身行六十万里；

证菩提果，手援四百兆人。

陈三立（1852～1937年），号散原，江西修水人，清光绪十五年（1889年）进士，官至吏部主事。出身名门（其父为晚清名臣陈宝箴），与谭延闿和谭嗣同并称"湖湘三才子"，为我国近代"同光体"（晚清同治、光绪年代的一个诗派，主张追随宋代的江西诗派）之重要代表，被誉为"中国最后一位传统诗人"。1937 年日军侵华战争，北平及天津相继沦陷，日本人欲拉拢利用他，为表明不屈服之立场，他绝食五天而殉国。

陆润庠（1841 ~ 1915 年），字凤石，江苏苏州人，清同治十三年（1874年）状元，为光绪和宣统两朝帝师。历任山东学政、工部侍郎、东阁大学士等。能撰联、工书法，时与翁同龢、刘春霖之书法题墨，被世人称为"三绝"。

联意为：先生您就像庄子《逍遥游》中所说，放宽胸怀，行走六十万里，游历世界。您用实际行动，做一个真正的清官、好官，为四万万生民造福，来证明您明辨善恶、追求真理的本心。

南京群众挽南京空军阵亡将士

大中华常在，迄今采石矶边，寒潮呜咽；
飞将军不死，终古栖霞山上，壮志凌云。

1937 年 12 月，日本侵略军围攻当时国民党首都南京，国民党空军为保卫南京城，驾机在南京上空与日本空军进行殊死战斗，死伤惨烈，南京人民作此挽联用以纪念这些大无畏的抗日勇士们。

联意为：我们伟大的祖国是压不垮、打不败的，尽管受到侵略，世事艰难。现在你看那采石矶江边，依旧寒潮滚滚，它们在为英雄哭泣、致哀。你们这些抗日勇士，都是飞将军，精神长在，在你们战斗的栖霞山上空，一股浩然之气直冲云霄。

蔡元培挽孙中山

是中国自由神，三民五权，推翻历史数千年专制之局；
愿吾侪后死者，齐力协心，完成先生一二件未竟之功。

蔡元培（1868～1940年），浙江绍兴人，号子民，教育家，清光绪进士。1902年与章炳麟等发起组织中国教育会。1905年参加同盟会，南京临时政府成立时任教育总长。1917年任北京大学校长。1927年任国民政府大学院院长。九一八事变后与宋庆龄、鲁迅等组织中国民权保障同盟。1940年病逝于香港。

"三民五权"，三民即民族、民权、民生；五权即五权分治，为行政院、考试院、立法院、司法院、监察院。"吾侪"，即我们。联意为：您是我们大中华的自由之神，您亲手推翻了两千年的封建专制，开创了三民主义、五权分治的民主共和制度。愿我们这些还活着的人齐心协力，共同去完成先生未竟的事业。

蔡元培挽梁启超

保障共和，应与松坡同不朽；
宣传欧化，不因南海让当仁。

梁启超师从康有为，与康一道发起"公车上书"，"戊戌变法"及"维新运动"，为领袖之一。辛亥革命后任中华民国司法总长，倡导新文化运动。反对恢复帝制，与蔡锷密谋武力"讨袁"。他是我国第一个在文章中使用"中华民族"一词之人，同时他是一名资产阶级改良派的宣传家，提出要改革中国羸弱落后的面貌，就必须学习西方资本主义国家的政治、经济和文化教育制度。他一生著文1400多万字，可谓著作等身。

此联意为：先生鼓吹变革，致力共和，为保障民主制度做出了很大的贡献，若论起功劳来，应当与辛亥革命名将蔡锷先生一样不朽。先生又致力宣传西方文明，著文介绍，使国人了解资本主义，这样的大功劳，不会因为您是康南海（有为）弟子要谦虚，而应是当仁不让、并驾齐驱。

陶行知挽孙中山

生为民有；
死作国魂。

此楹联属短联类，短联是楹联中最基本的形式，最能体现楹联的历史传统。其特点是形体极精悍，内容极概括，节奏极短促，言简意赅，易于记诵。因其字数少，浓缩度极大，风格典雅古朴，唯大手笔始能操纵自如。

联意为：您活着的时候，是天下老百姓共同拥有的财富。您逝世了，化作了我们国家的精神和灵魂。

冯玉祥挽范鸿仙

为民救命，为国尽忠，溯毕生经武整军，懋著奇勋光史乘；
此头可断，此志不屈，痛先烈成仁取义，长留浩气在人间。

冯玉祥（1882～1948年），安徽巢县人，字焕章，行伍出身，曾任北洋陆军第十六混成旅旅长、第十一师师长，陕西、河南督军等。1924年第二次直奉战争时发动北京政变，改所部为国民军，任总司令。九一八事变后，积极主张抗日，1936年任国民政府军事委员会副委员长。抗战胜利后，与李济深等共同发起组织中国国民党革命委员会。1948年回国途中，在黑海因轮船失火而遇难。

范鸿仙（1882～1914年），安徽合肥人，1908年入同盟会。辛亥革命前夕，范赴安徽招募江淮健儿5000人，组成铁血军，亲任总司令，准备北伐，直捣清廷。后南北议和，清廷退位，孙中山交权袁世凯，范鸿仙辞去总司令一职。1914年奉孙中山命回上海发动讨袁战争。9月20日，在总部起草军书时被袁派遣特务杀害。1936年2月19日，国民党为之举行国葬。

"懋",盛大之意。"史乘",记载历史的书。此联意为:您为拯救百姓于水深火热之中,为建立中华民国而效忠,用毕生的精力率领着军队,您的大功奇勋永垂青史。您大忠大勇,身可以死而志不可灭。我们哀痛您为建国而舍生取义,您的一股浩然正气和精神永存国人心中。

胡适挽孙中山

慈故能勇,俭故能广;
行之非易,知之惟艰。

胡适(1891 ~ 1962年),安徽绩溪人,字适之,现代学者。1910年赴美留学,师从杜威。1917年回国,任北京大学教授。提倡文学改革,为当时新文化运动的著名人物。1938年任驻美大使,1942年任行政院最高顾问。1946年任北京大学校长,1948年去美国,后去台湾,1962年病逝。

"慈",仁爱。"俭",俭朴。此联意为:孙中山先生因为心中充满爱心,所以变得勇敢,有勇气去实行理想,因为行为、生活俭朴,所以有极大的号召力。一个理想或主义实行时很不容易,但想了解它懂得它是最难的。

于右任挽韩恢

杀身以成仁,志在党国;
崇封建华表,永慰英灵。

韩恢(1887 ~ 1922年),江苏泗阳人,1911年参加镇南关起义和黄花岗之役。1913年7月,孙中山发动讨袁"二次革命",韩来南京领

导讨袁斗争，被推为江苏都督。1914 年推为江苏地区讨袁总司令。护法
运动起，随孙中山回国。1922 年 10 月 28 日，在上海被北洋军阀特务诱捕。
1922 年 11 月 1 日在南京被杀害。1924 年孙中山以大元帅名义下令追赠
为陆军上将，葬于南京中山门外之卫岗南侧。

"仁"，是古代儒家所奉行的一种道德范畴，含义较广，包括"礼、义、
廉、耻，温、良、恭、俭、让"等多种。"封建"，封为培土，意指筑
坟，建为建立、树立。"华表"，古时立于宫殿、城垣或陵墓前的石柱，
柱身往往刻有花纹，故曰华表。此联意为：您用结束自己生命的方式证
明了您是一位仁人君子。您的志向是建立、巩固我中华民国。今天我们
在这里为您修筑了精美的陵墓，竖起了高大的华表，用它们来纪念您不
朽的烈士精魂。

于右任挽孙中山

总四十年胼手胝足之工，真是为生民立命，为天地立心，历程中，
揖让征诛举同尘土；

流九万里志士劳民之泪，始知其来也有因，其身也有用，瞑目后，
精神肝胆犹照人寰。

"胼"、"胝"，手掌和脚底生厚茧，形容辛劳。"举同尘土"，形
容上述几件事很普遍平常，就像常见的灰尘。联意为：您用四十年的辛
劳之力，真心为百姓利益奉献一切，在社会上确立了做人的标杆。在这
个艰苦的历程中，恭敬地推却出生入死赢得的荣誉如同挥去尘土一样轻
松。全中国人民都为您的逝世而痛心堕泪。您逝世后，您的精神、大义
和勇气永远炳耀人间。

叶恭绰挽孙中山

人道先生未死；
我唯知己难忘。

叶恭绰（1881～1968年），广东番禺人，著名书画家、收藏家及政治活动家。早年毕业于京师大学堂仕学馆，后留学日本并加入同盟会。曾任北洋政府交通总长、南京政府铁道部长等。新中国成立后任中央文史馆副馆长、第二届全国政协常务委员等。

此联意为：您虽然永远离开我们了，但天下人都认为您没有死，还在与大家一起为争取民主自由而斗争；我唯一能解释得通的，是因为自己深深地敬仰您，永远难以忘怀您啊。

马叙伦挽孙中山

革命虽未成功，赖有化身遍世界；
吾侪自应努力，毋徒挥泪哭先生。

马叙伦（1884～1970年），浙江余杭人，字夷初。同盟会员，曾任北洋政府和国民党政府教育部次长。1946年，在上海发起组织中国民主促进会。新中国成立后任全国政协副主席、中国民进中央主席、中国民盟中央副主席。1970年病逝于北京。

此联意为：伟大的辛亥革命虽然未取得彻底的胜利，但您不朽的精神已传遍整个世界。我们这些您的追随者要继续努力，完成您用三民主义统一中国的遗愿，而不是在这里徒然地痛哭哀悼。

姚雨平题莫愁湖粤军阵亡将士墓

渡江军子弟，八千淮上战功，破虏永除专制政；
流血数健儿，二十国殇不死，雄风长在莫愁湖。

姚雨平（1882～1974年），原名士云，法名妙云，广东平远县人。早年参加中国同盟会，曾参与广州黄花岗起义的组织领导工作。

辛亥武昌起义后，1911年11月9日广州光复。广州光复后，广东军政府很快就组织了北伐军。姚雨平时任广东北伐军总司令。这支队伍大约八千人，装备精良，整体素质较高。北伐军一路激战，伤亡惨重，但越战越勇，屡建功勋。南北议和的协议达成后，广东北伐军随即退驻南京，次年解散。广东北伐军为辛亥革命的胜利所立下的不朽战功，彪炳青史。1912年3月，国民政府将烈士忠骸葬于南京莫愁湖畔，建立粤军阵亡将士墓，孙中山亲笔题写"建国成仁"四字勒石。姚雨平亲撰对联，高度赞扬了广东北伐军的英烈雄风，认为可与莫愁湖一起长存。联语感情真挚，虽沉痛却不颓废，哀而不伤，英风浩气飒然而至。

周恩来挽张冲

安危谁与共；
风雨忆同舟。

张冲（1901～1941年），浙江乐清人，字淮南，国民党左派，为国民党和谈代表，国民党中央执行委员、中央组织部代副部长。在抗战中真心主张国共合作、团结抗战。与周恩来合作五年，做了许多有利团结抗战之事。1941年病逝。

此联也属流水对，单是一支上联不能说明要表达的意思，一定要以下联来衬托和说明，上下联一问一答，似流水一般自然，故曰流水对。

该联大意是：当时是谁与你生死与共呢？我现在深深地怀念我们国共两党共同抗日、风雨同舟的日子。

宋庆龄挽孙中山

志在求大同，热爱黎民热爱我；
星沉乱方寸，痛哭社稷痛哭君。

楹联的特点是虚实相对。即上联要相对虚一点、弱一点，而下联则要实一点、强一点，上下联形成强烈的对比，才算是一副成功的好联。这副挽联正好如此，上联是一般性的叙述，放在哪儿都很一般，甚至没有哀挽之意。而下联"星沉乱方寸，痛哭社稷痛哭君"的出现则哀挽得大气深重，情真意切，并与上联形成了符合楹联规律的对应。

宋庆龄挽李公朴、闻一多

血溅金沙，久有大名光宇宙；
魂招歇浦，愧无巨笔志功勋。

李公朴（1900～1946年），原籍江苏扬州，生于镇江。九一八事变后，致力抗日救国运动和群众文化教育工作。1936年参加全国各界救国联合会，被推为负责人之一，同沈钧儒、邹韬奋一起被国民党政府逮捕，抗战开始后获释。1945年任中国民主同盟中央委员，积极参加爱国民主斗争。1946年7月11日在昆明被国民党特务杀害。

闻一多（1899～1946年），湖北浠水人，现代诗人、学者。曾留学美国，学美术、文学。先后在青岛大学、清华大学任教。抗日战争期间，任昆明西南联合大学教授。抗日战争结束后，反对国民党发动反人民的内战，1946 年 7 月 15 日在昆明被国民党特务杀害。

李、闻两人同在昆明，相差 4 天，先后被特务杀害，宋庆龄得知消息后十分悲痛，为两个人写了一副共同的挽联。

"金沙"，江名，长江上游，流经云南。"歇浦"，黄歇浦，战国四公子（平原君赵胜、信陵君魏无忌、孟尝君田文、春申君黄歇）之一——春申君黄歇封地，即今上海。

旅英华侨挽孙中山

何图今日哀荣地；
便是当年诱捕场。

1896 年孙中山先生在伦敦被清政府诱捕，后得英人康德黎帮助而获释，获释后孙中山在英国待了九个月，他目睹了诸多工业化国家日渐增长的社会改革与革命的趋势。这九个月的经历对孙中山"三民主义"思想诞生起到了决定作用。孙中山先生逝世后，旅英华侨在伦敦中国驻英使馆召开追悼会，使馆所在地即早年清政府诱捕孙中山先生处。此联为流水对，即只有一个上联不能说明问题，一定要结合下联才能表达完整意思。

联意为：哪里能想到今天在这里纪念您的场地，就是当时您在伦敦宣传推翻清王朝主张时，清政府派员诱捕您的地方呢？

陈白尘挽李公朴、闻一多

法西垮台，希墨已成前车鉴；
民主不死，李闻岂无后继人。

陈白尘（1908～1994年），江苏淮阴人，1930年加入左翼戏剧家联盟。1932年7月任共青团淮盐特委秘书，后因叛徒出卖被捕，1935年出狱后在上海从事文学创作。抗战时期创作大量剧本。新中国成立后曾任中国作协书记处书记。1978年任南京大学中文系教授、系主任。

联意为：现在德国法西斯政权已经垮台了，希特勒和法西斯创始人意大利墨索里尼皆已灭亡，对那些还在走法西斯道路的政权和人来说，这是一个前车之鉴。民主制度是符合绝大多数人们需要的制度，它是不会因受镇压打击而灭亡的，李公朴、闻一多两位民主斗士怎会后继无人呢?

佚名挽"四一"惨案死者

？、？？、？？？；
！、！！、！！！。

1949年4月1日，国民党政府和平谈判代表团到达北平。当天，南京学生六千余人举行示威游行，要求国民政府接受中共的八项和平条件。国民党南京卫戍总司令张耀明在蒋介石授意下，指使军警特务凶殴游行学生，致学生死二人，伤百余人。此后，广大师生在南京中央大学礼堂举行追悼会，会场两边有此副无字联，含义深刻。

这副联全联不着一字，全部用标点符号组成。上联连用了六个"？"，表示对国民党反动派血腥镇压南京大专院校学生和平示威的暴行，提出强烈的质问，同时也表达了每一个革命者和爱国者对于敌人的暴行和学生牺牲的事实所进行的深沉思考。下联连用了六个"！"，表达了对这一事件愤怒的控诉，同时也表达了要同反动派斗争到底，血债要用血来还的坚强决心。这副无字联在追悼会上十分引人注目，引起人们去思考，激励人们去战斗！此联无字胜有字，于无声处听惊雷。

后　记

　　生活在南京，我感到自豪。正如朱自清先生说的，南京就像是个古董铺子。在古董铺子边走多了，历史文化看得多了，渐渐萌发了想为南京文化做点什么的想法，但却不知道该具体做点什么。然而，这一天正慢慢地向我靠近。

　　2007 年 3 月，《光明日报》开辟了一个"百城赋"栏目，需要找一位作家写南京赋。这其实是一场不是比赛的比赛，各城市都铆足劲，谁都想崭露头角。我打电话给著名作家叶兆言，叶老师没有写过赋；接着向老作协主席、诗人冯亦同求助，他向我推荐了两个人，一个是外地的，一个是南京的，经过比较，我选择了本地的袁裕陵。给他打电话时，他正在去东海县参加楹联创作活动的路上。3 天后他如约发来了文采飞扬、大气恢弘的《南京赋》。4 月 2 日的《光明日报》刊出后，该报副刊编辑讲，《南京赋》写得不错。当天，《南京日报》、龙虎网等南京媒体全文转载。

　　"酒逢知己饮，诗向会人吟。"从此，我跟袁裕陵老师结成了朋友，常借一起小酌的机会，向他讨教南京的历史文化问题。袁裕陵年轻时曾下放在高淳，一顿能吃下 4 大碗米饭，挑 150 斤重的担子能走 20 多里路。他有一个特点—爱喝酒，专喝洋河（不算做广告），每天一斤以上。有一次，他与夫人、女儿一起去太仓亲戚家参加婚礼，太仓人不喜喝白酒，这可憋坏了一天两顿白酒的他。他跟夫人说提前回去开会，一个人匆匆回到南京。家里没有菜，自己又不会做，还好终于在厨房里找到一个生蒜头，就着蒜瓣喝了半斤酒，这才算过了酒瘾。

　　2009 年，袁裕陵老师对我说，南京是楹联的发源地和重要推广地，他想成立一个楹联学会，为繁荣与复兴楹联文化做点事。又过了一段时间，他告诉我，成立协会的事"黄了"，请我想想办法。我佩服他有过目不忘的本领，一生饱读诗书，满腹经纶，在诗歌、楹联界有较高的知名度，折服于他的才华，同时也被他的真诚所感动，于是找到有关部门，为繁荣"两行文学"（楹联的别称）鼓与呼。在领导的支持下，"南京楹联专业委员会"终于通过了审批，虽然是挂在市作协下面的二级协会，但还是让我们欢欣鼓舞了一阵子。

楹联艺术集诗、词、曲、赋等文学形式精华于一体，聚形美、意美、声美于一身。看起来整齐美观，读起来朗朗上口，听起来铿锵悦耳，想起来意味深长。"庙小世界大"，协会虽小，但我们的热情高涨。几个有着共同爱好的人紧密地团结在一起，组织了楹联学习班，培养了一期又一期会员，会员们还与书法家结下了深厚友谊，联家、书家携手经常到社区、军营、工厂、学校搞笔会、送楹联，热热闹闹。我还申请办了一张《南方楹联》报（后改为《南方诗联》），由学会的发起人之一、诗人、法官金立安担任主编，没有工资，也没有补贴，他却使每期报纸都有洛阳纸贵的效果。外地楹联爱好者常常以能收藏到此报为荣。后来，该报被评为全国优秀楹联报刊。另外，我们还组织了各种主题的征联大赛，外地甚至海外的来稿像雪片般飞向南京……总之，南京的楹联文化风生水起。

南京楹联专业委员会在没有经费保障的情况下，活动经常，内容丰富，影响较大。一年后，我们申请升级，成立一级协会——南京市楹联家协会，很快得到组织批准。我们这群楹联爱好者也在协会的变迁与发展中，得到了锻炼成长，增长了楹联知识，变成了南京传统文化的推手。

协会成立一年后，我想编一本"南京楹联"方面的书，作为推动南京传统文化的成果，于是找到诗词楹联界高手商议。

舒贵生先生曾在全国各地诗词楹联大赛中获奖100多次，发表诗联作品1000多件，有30多件诗联作品在名胜景点镌刻悬挂，有多件作品被编入诗联教材。我喜欢他霸气十足的自题书斋联："何物醉人？书香琴韵；有谁知我？古圣今贤！"

魏艳鸣女士是我的战友，转业前是军医，如今却是位驰骋联坛的女将，在诗词和楹联的世界里纵横捭阖，曾获《对联中国》年度最佳作品奖，国家文化部、中国文联举办的"第二届中国百诗百联大赛"优秀奖等各类奖项60余次。我喜欢她笔下的风雅，她曾题瞻园一联："尚以琼华，菊有芳兮兰有秀；雅其天韵，风为友矣月为邻。"细细品味，真乃大气而婉约。

几个人一拍即合,分头行动。袁裕陵老师负责行业联、挽联,舒贵生先生负责谐趣联、佛寺联,魏艳鸣女士负责贺赠联、名胜联,本人负责全书的框架搭建、题例创意及统稿。原计划 2011 年底出书,因其他原因耽搁下来。

俗话说,好饭不怕晚。直到今年,南京出版集团的章安宁编辑给我来电话,说要出版"品读南京"系列丛书,约我编一本关于南京楹联方面的书。这正是打瞌睡的时候有人给你塞了个枕头,不谋而合!

近几年,本人潜心研究南京历史文化,创作了《文华金陵》《南京魅力街镇》等书,其中《文华金陵》深受欢迎,在书店里卖到脱销。此外,还创作了广播连续剧《南京审判》,80 集纪录片《重读南京》(其中一半 40 集脚本),参与编辑"我爱南京"系列丛书(13 本),策划电视剧《利剑》《决战南京》,电影《刘伯承市长》等南京题材的文艺作品。《南京历代楹联》的问世,无疑又为推动南京文化发展做了一件添砖加瓦的事。

在本书的编撰出版过程中,得到了许多文友的帮助。尤其是袁裕陵老师,在七八月份的酷暑期间,两次校对书稿。在此一并表示感谢! 由于本人水平有限,书中难免出现错误,欢迎各位联家和读者批评指正!

邹　雷